AGNETA'S ERFENIS

Karin Peters

Agneta's erfenis

Westfriesland

Eerste druk in deze uitvoering 2008

NUR 343
ISBN 978 90 205 2877 0

Copyright © 2008 by 'Westfriesland', Hoorn/Kampen
Omslagillustratie: Jack Staller
Omslagontwerp: Van Soelen bv, Zwaag

HOOFDSTUK 1

Agneta van Doorn parkeerde haar auto voor het appartementencomplex en bleef nog even zitten. Hoewel ze moe was van de lange dag in het revalidatiecentrum waar ze als fysiotherapeute werkte, voelde ze niet de behoefte naar binnen te gaan. Dan zou ze weer alleen zijn met haar gedachten. En van dat gepieker rustte ze niet bepaald uit. Ze sliep de laatste tijd ook slecht. En dat kwam niet alleen doordat het werken met een aantal nieuwe patiënten haar veel energie kostte. Nee, ze was de schok van wat er gebeurd was nog niet te boven. Ze schrok toen er ineens een gezicht voor haar raampje verscheen. „Gaat het wel?" vroeg de oudere vrouw bezorgd.

Agneta knikte en stapte haastig uit. „Ik zat wat te dromen," verontschuldigde ze zich.

De vrouw leek nog iets te willen zeggen, maar liep na een knikje verder. Ze had er waarschijnlijk niet uitgezien alsof ze mooie dromen droomde, dacht Agneta ironisch.

Ze liep snel naar binnen en leegde in het voorbijgaan de brievenbus. Ze hoopte dat er iets bij was waar ze van opfleurde, al zou ze niet weten wat dat zou moeten zijn. Eenmaal binnen hing ze haar suède jas op en sorteerde haar post. Ha, een brief van tante Agnes. Dat was tenminste positief. Verder was het reclame en een enkele rekening. Tante Agnes was de enige van de mensen die haar post stuurden, die dit niet via de computer deed.

„Wat is er mooier dan een handgeschreven brief te krijgen?" had ze gevraagd. Agneta bedacht dat ze een brief terug zou moeten schrijven, want ze wilde haar tante niet telefonisch op de hoogte brengen van wat er speelde. Tante Agnes was de enige zuster van haar moeder. Agneta had altijd een speciale band met haar gehad. Agnes had zelf geen kinderen, was ook nooit getrouwd geweest. Agneta wist niet of ze ooit een serieuze relatie had gehad. Agnes woonde in Normandië, direct aan de kust. Het huis lag schitterend, met uitzicht op zee en op een brede duinenrij. Een kilometer verder begonnen de rotsen. Achter tantes huis was een strook bos, herinnerde Agneta zich.

Ze had het indertijd een sprookjeshuis gevonden. En dan de naam, 'Paradis Terrestre', ofwel 'Aards Paradijs'. Maar nu ze er zo over nadacht, het lag toch wel erg afgelegen. Agnes had zelf voor die afzondering gekozen, zei haar moeder soms.

Agneta nam haar kop koffie mee naar de kamer. Misschien zou ze enkele vakantiedagen kunnen opnemen, overwoog ze. Ze wilde met tante Agnes praten. Dat was in dit geval misschien nog wel beter dan schrijven, want ze wist wel zeker dat tante ook verbijsterd zou zijn als ze hoorde dat haar zwager een andere vrouw in huis had gehaald.

Agneta, die – anders dan velen dachten – niet naar een van de meisjes van de indertijd populaire groep ABBA was genoemd, maar gewoon naar tante Agnes, pakte de brief op en legde hem daarna weer neer. Ze wist haast zeker dat deze brief nu kwam, omdat haar moeder precies een jaar terug was overleden. Daarom had ze enkele dagen geleden ook haar vader bezocht, met de bedoeling om samen bloemen naar de begraafplaats te brengen. Maar in plaats van de ontredderde, oud geworden man die nog steeds kapot was van verdriet, die ze had verwacht aan te treffen, was de ontmoeting heel anders verlopen dan ze zich had voorgesteld. De deur was met een zwaai geopend. Hij had beide handen naar haar uitgestrekt en haar verwelkomd met de woorden: „Mijn lieve dochter!"

Een beetje verbaasd van deze luidruchtige begroeting had ze de bloemen op het tafeltje in de hal gelegd. Haar vader had er een korte blik op geworpen en gezegd: „Ik weet waarvoor je komt, maar vandaag komt het niet zo goed uit. Ik heb namelijk bezoek. Kom even binnen, dan kun je kennismaken."

Ze was hem gevolgd naar de kamer. In de hoek van de bank zat een jonge vrouw, die direct opstond. „Hallo, ik ben Katja. Jij bent natuurlijk Berties dochter. Hij heeft het vaak over je."

Agneta was gaan zitten, niet goed wetend wat te zeggen. Wie was deze vrouw? En waarom noemde ze Agneta's vader Bertie? Ze deed net alsof ze hem al jaren kende. Ze keek naar haar vader, wiens blik van de een naar de ander gleed. Hij voelde zich duidelijk niet op zijn gemak.

Agneta haalde diep adem en vroeg: „Wie ben je? Je hebt je naam gezegd, maar daarmee weet ik nog niets."

„Ja, Bertie, je bent haar wel een verklaring schuldig. Ze weet niet wat haar overkomt. Ik zet intussen even koffie." De vrouw stond op en liep naar de keuken alsof ze hier dagelijks koffiezette. En misschien was dat ook wel zo, dacht Agneta die een bang vermoeden begon te krijgen.

„Katja is kortgeleden in deze straat komen wonen. Ze is gescheiden en woont alleen. We maakten een praatje en van het een kwam het ander. Je begrijpt het wel."

„Nee, om eerlijk te zijn: ik begrijp er niets van. Heb je haar geadopteerd of zo? Ze is vast niet veel ouder dan ik." Agneta was zelf achtentwintig.

„Katja is zesendertig, maar wat doet leeftijd ertoe? Het gaat goed tussen ons. Ik ben weer min of meer tot leven gekomen. Ik voel me weer jong."

„Pa, je bent zestig," zei ze hard.

„Nou, dat zou je anders niet zeggen." De vrouw kwam weer binnen en streek in het voorbijgaan even langs haar vaders wang. „Hij heeft de energie van een jonge vent." Ze knipoogde naar Agneta.

Deze stond op. „Ik heb het hier wel gezien," zei ze kort-

af. „Pa, als je mij wilt spreken: je weet waar ik woon."
Katja volgde haar in de gang. „Je gunt je vader toch wel
een beetje geluk? Hij was zo verdrietig toen ik hem leer-
de kennen."
„Mijn moeder is net een jaar dood. En hoe lang is dit al
aan de gang?"
Katja ging er niet op in. Agneta pakte haar bloemen
weer op, terwijl Katja zei: „Je kunt niet blijven rouwen.
Je zou blij voor hem moeten zijn. Waarom stel jij je zo
vijandig op? Ik word je stiefmoeder niet."
„Dat zou er nog eens bij moeten komen!" Agneta trok
de deur met een klap achter zich dicht. Ze was regelrecht naar de begraafplaats gereden. Behalve verbijsterd was ze ook woedend. Ze begreep hier helemaal
niets van. De man die ze zojuist had ontmoet, degene
die dat mens 'Bertie' noemde, die man leek niet eens op
haar vader! Hij werd helemaal door die Katja ingepakt.
Misschien was ze wel op zijn geld uit. Haar vader was
zeker niet arm. Wat wist hij van die vrouw? Ze was jaren
jonger dan hij. Hoe kon hij haar op de plaats van zijn
overleden vrouw verdragen? Katja! Ze deed of ze thuis
was. Ze zei dat Bertie de energie had van een jonge
vent. Wat bedoelde ze daarmee? Was hun verhouding
nu al meer dan platonisch?
Even later liep Agneta met snelle passen naar het graf
van haar moeder. Ze had gedacht hier met haar vader te
staan. Maar het kwam hem nu niet uit!
Terwijl ze daar stond, vechtend tegen haar tranen, zei
ze in gedachten: Mam, ik schaam me voor hem. Zo ken
ik hem helemaal niet. Dat mens heeft hem gewoon inge-
palmd. Wat moet ik doen?
Maar ze kón niets doen, dat wist Agneta zelf ook
wel. Haar vader leidde zijn eigen leven, evenals zijzelf.
Had ze nu maar een broer of zus om dit mee te bespreken. Maar er was niemand, behalve tante Agnes. Tante zou door dit nieuws ook verbijsterd zijn, daar was

ze zeker van. Als het Agnes was geweest waar haar vader mee verder wilde, dan had ze het kunnen accepteren, dacht ze vluchtig. Verdrietig ging ze terug naar huis.

Eindelijk opende ze de enveloppe. Daarin zaten twee brieven en een gesloten, tamelijk officieel uitziende enveloppe van een notariskantoor. Haar handen beefden toen ze de eerste brief openvouwde. Waarom had ze nu ineens het gevoel dat dit schrijven weinig goeds zou brengen?
De brief was niet van tante Agnes, maar ondertekend door een zekere Inge ter Beek. Nooit van gehoord. Dan begon ze te lezen.

Mijn beste Agneta,

Je kent mij niet en ik ken jou alleen uit de verhalen van je tante.

Dat ik je nu schrijf heeft een droevige reden. Je lieve tante Agnes is niet meer. Ze is geen dag ziek geweest. Ik vond haar achter haar bureau. Ze was juist bezig aan een brief voor jou. Ik zal dat briefje hierbij insluiten. Ik begrijp dat je verdriet groot is. Het mijne ook. Daarom hoop ik dat je hierheen komt, dan kunnen we erover praten en dit verdriet delen. Ik hield ook van haar. Ik heb geprobeerd je te bellen voor de begrafenis, maar ik kon je niet te pakken krijgen. Laat snel iets van je horen. Jij wilt misschien je vader wel inlichten.

Sterkte.

Inge ter Beek

Agneta liet de brief zakken en staarde als verdoofd voor zich uit. Tante Agnes was overleden? Dat was niet te begrijpen.

Wie was die Inge? In elk geval een Nederlandse. Ze had tante die naam nooit horen noemen. Wat maakte het ook uit. Deze vrouw had haar niet kunnen bellen. Het klopte dat ze de laatste week haar mobiel niet had aanstaan. Ze wilde niet dat haar vader belde. Ze was nog niet toe aan een gesprek met hem. Maar nu zou ze hem moeten inlichten.

Waarom eigenlijk? Als hij de herinneringen aan zijn vrouw zomaar kon uitvegen voor een of andere blonde griet, dan zou dat met tante Agnes zeker lukken. Ze pakte het half afgemaakte briefje van haar tante.

Mijn lieve naamgenote,

Hoe is het nu met je? Echt goed zal het nog niet gaan, maar hopelijk gaat het wel iets beter. Je zult je alleen voelen, je had een goede band met je moeder. Ik had je vader aan de telefoon, maar ik kreeg de indruk dat hij niet over Ellen wilde praten. Wees niet te hard voor hem, hij zal haar zo missen ...

Nou, dat valt alles mee, tante, dacht Agneta bitter. Hij troost zich nu al met een ander. Als je eens wist ...

Ik zou het erg op prijs stellen als je binnenkort eens enkele dagen hierheen komt. Er zijn wat zaken die ik met je wil bespreken. Het gaat om

De brief brak plotseling af en Agneta begon te huilen. Hier stopte de brief, tegelijk met tantes leven. En zij zou nu nooit weten wat tante Agnes haar had willen zeggen. Agneta opende de andere enveloppe. De brief was echter in het Frans en vanwege het officiële taalgebruik zou het haar veel tijd kosten om hem te ontcijferen. Maar het zou in ieder geval haar gedachten even afleiden. Ze ging aan tafel zitten en begon zin voor zin te ontleden.

Toen ze een en ander eindelijk vertaald had, stond ze op en liep naar het brede raam dat neerkeek op een vrij rustige straat. Er was een pleintje met enkele speeltoestellen. Kinderen gingen om de beurt op de glijbaan. Maar Agneta zag niets van dat alles. Ze zag een huis in de duinen met uitzicht op het strand. Aan de achterkant was een brede bosrand. 'Paradis Terrestre'. De imposante naam van het huis dat tante Agnes jaren geleden had gekocht. Omdat ze ruimte wilde, zoals ze het uitdrukte. Er was toen iets geweest waardoor ze weg wilde, maar Agneta was destijds nog een kind en niemand had haar ingelicht. Later werd er nooit over gepraat.

Een enkele keer kwam tante naar Nederland. Zijzelf had enkele keren met haar ouders in Frankrijk gelogeerd. Haar vader was daar niet graag. Het leek wel het eind van de wereld, zei hij soms. En nu … Nu was het huis van Agneta. Tante had haar alles nagelaten. Het huis en alles wat daarbij hoorde, als ze het tenminste wilde hebben. Daarnaast had ze haar een geldbedrag nagelaten.

Gedachten tolden door haar hoofd. Ze zou daar kunnen gaan wonen en rustig uitkijken naar een baan. Al deze zaken had tante Agnes met haar willen bespreken. En nu was dat onmogelijk geworden. Maar wat moest zij met het huis in de duinen? Wilde ze daar in haar eentje wel wonen? Misschien zou ze een deel van het huis kunnen verhuren, of zou ze een eigen praktijk aan huis kunnen beginnen. Agneta zag ineens mogelijkheden.

Het kwam niet in haar op om het huis te verkopen. Dat kon ook nooit tante Agnes' bedoeling zijn geweest. Nee,

11

het eerste wat ze moest doen was daarheen gaan om haar nieuwverworven bezit te bekijken. Misschien kon ze die Inge ter Beek te spreken krijgen. Mogelijk was zij een soort huishoudelijke hulp. Of een goede vriendin die bij Agnes haar vakanties doorbracht. Ze schrok toen de telefoon ging, staarde ernaar in de hoop dat het geluid zou stoppen. De beller bleek echter hardnekkig. Ze nam op.

„Agneta, met je vader. We moeten praten."

„Dan stel ik voor dat je vanavond hierheen komt," reageerde Agneta kortaf. „Maar wel alleen." Haar vader ging daar niet op in en ze spraken om acht uur af. Als die Katja er niet was geweest, zou ze hem te eten hebben gevraagd. Nu zou zij vast wel voor hem koken. Als ze dat tenminste kon … Ze zuchtte. Ze wilde niet eens aan dat mens denken! Dat zou een voordeel zijn, als ze hier werkelijk wegging. Ze zou niet meer met haar geconfronteerd worden.

Natuurlijk kon ze de dood van tante Agnes niet uit haar gedachten zetten, evenmin als de inhoud van de brieven. Het was allemaal zo onwerkelijk! Agnes was pas zestig jaar, even oud als haar vader. Wat dat aanging zou ze beter bij hem hebben gepast dan die Katja. Maar ze wist wel zeker dat dit in geen van beiden ooit was opgekomen.

Het verdriet om dit nieuwe verlies zou nog komen, dat wist ze wel zeker. Ze had nu niemand meer, want haar vader kon ze ook wel afschrijven.

Het was inmiddels alweer twee jaar geleden dat ze een relatie had met Theo. Ze had zelfs twee jaar met hem samengewoond. Maar in plaats van dat de band daardoor hechter werd, waren ze steeds meer uit elkaar gegroeid. Ze waren als vrienden uit elkaar gegaan, beiden min of meer opgelucht. Misschien was zij niet geschikt voor een vaste relatie. Ze leek op tante Agnes, had haar moeder meerdere malen opgemerkt. En inderdaad, ze wilde ruimte om zich heen. Onverhoeds liepen haar de tranen over de wangen en even later snikte ze het uit.

Ze verlangde er ineens hevig naar om naar Normandië te vertrekken. Ze zou zich daar dichter bij tante Agnes voelen. Daar, in het huis waar tante gelukkig was geweest.

Ze ging naar de keuken met de bedoeling iets te eten klaar te maken, staarde even naar het bevroren brood en legde het weer terug in de vriezer. Ze had totaal geen trek. Het enige wat ze met veel moeite naar binnen werkte, was een kop instantsoep.

Haar vader belde stipt om acht uur aan. Een vluchtige blik in de spiegel in de gang vertelde haar dat ze er niet uitzag. Haar gezicht vlekkerig, haar ogen opgezet van het huilen. Haar vader liep langs haar naar de keuken en zette daar een afgesloten schaaltje op de tafel.

„Dit is wat pasta. We hadden vanavond over. Als je al gegeten hebt, kun je het ook tot morgen bewaren."

Ze keek van het bakje naar haar vader en zei: „Hoe kwam je op het idee dat ik niet voor mezelf kan zorgen?"

„Dat is het niet. Het is hartelijk bedoeld, maar als je het niet wilt, neem ik het wel mee terug," zei hij gepikeerd.

„Denkt die vlam van je soms dat ze voor mij moet zorgen?"

Haar vader zuchtte. „Is dit het soort gesprek dat je voor ogen stond? Dan ga ik naar huis, Agneta."

Ze opende de kamerdeur en zette daarna het schaaltje in de koelkast. Het kon bedoeld zijn als een hartelijk gebaar, maar dat mens had geen gevoel voor verhoudingen.

Ze ging tegenover haar vader zitten en keek hem aan. Hij fronste zijn wenkbrauwen. „Je bent naar de begraafplaats geweest," concludeerde hij.

„Dat is alweer een aantal dagen geleden. Het kwam jou toen niet uit."

„Denk je dat het uitmaakt of ik een paar dagen later ga?"

„Het is belangrijk dat we daar samen zijn. Maar goed, zo zie jij dat kennelijk niet," antwoordde Agneta. Maar dan viel ze uit: „Hoe kon je zo snel iemand anders in huis halen?"

„Ze woont niet bij me. Misschien gebeurt dat wel nooit. Ik weet ook wel dat ze veel te jong voor me is, maar ze brengt zoveel gezelligheid in huis. Ik kan niet steeds alleen zijn, Agneta."

„Ben je verliefd op haar?" vroeg Agneta plompverloren.

„Misschien wel. Maar dat maakt mijn liefde voor je moeder niet minder echt."

„Ik probeer het te begrijpen," zei Agneta, „maar ik kan niet bij jou komen als zij daar is. Ik ga weg, pa. Weg uit Nederland."

„Toch niet om mij of Katja?"

„Dat maakt het wel een stuk makkelijker. Jij bent nu niet meer alleen, en ik hoor niet bij jullie."

„Je gaat naar Agnes," veronderstelde hij.

Agneta probeerde door diep adem te halen haar tranen tegen te houden, wat niet lukte.

„Lieve kind, niemand stuurt je weg. Je hebt een leuke baan, kunt doen en laten wat je wilt. Als ik de laatste keer had geweten dat je kwam …"

„Dan had je haar nog een poosje achter de hand gehouden," reageerde Agneta bitter. „Maar het gaat niet alleen om haar. Tante Agnes is overleden en ook al begraven. Ik moet naar Normandië."

Haar vader schoot overeind. „Agnes …? Dood? Dat kan helemaal niet. Dat moet een vergissing zijn! Ik had haar vorige week nog aan de telefoon."

„Een mens kan binnen enkele minuten dood zijn. Dat weet jij ook wel."

„Maar hoe weet je het?" drong hij aan. „Ik weet zeker dat ze niet ziek was toen ze belde. Dat zou ze verteld hebben."

„Ze was niet ziek. En als dat wel zo was geweest, zou ze jou niet hebben ingelicht. Ze zou hebben gedacht dat je genoeg had aan je eigen zorgen. Ik hoop niet dat je tante hebt verteld over … haar."

„Nee, dat heb ik niet. Maar ze zou mij vast niet veroordeeld hebben."

Tante Agnes was inderdaad heel tolerant. Maar ze had wel veel van haar enige zus gehouden.

„Wil je mij nu eens vertellen hoe je dit weet? En als het waar is, waarom je dan zo laat bericht kreeg? Ach, er was natuurlijk niemand die onze adressen wist …" meende hij dan het antwoord te weten. Agneta keek naar haar vader. Hij was duidelijk aangeslagen.

„Ik kreeg een brief van een zekere Inge ter Beek. Heb je wel eens van haar gehoord?"

Haar vaders gezicht kreeg plotseling een andere uitdrukking. „De naam komt me wel bekend voor," zei hij na een moment.

„Zij is Nederlandse, althans: haar brief was in het Nederlands, in tegenstelling tot die van de notaris. En haar naam …"

„Heb je ook een brief van een notaris?" onderbrak haar vader haar. Agneta schoof hem het epistel toe, wel wetend dat haar vader ook enige moeite zou hebben met het Frans. Het duurde inderdaad geruime tijd voor hij het papier naast zich neerlegde. „Haar huis is dus voor jou. Dat vind ik wel heel vreemd."

„Waarom? Als mam er nog geweest was, hadden jullie de woning misschien geërfd. Maar nu was er niemand anders. Zo zal ze wel gedacht hebben."

Haar vader keek haar op een vreemde manier aan. Het leek of hij iets wilde zeggen, maar daar op het laatste moment van afzag.

„Ik ga koffiezetten," zei ze, terwijl ze opstond. Bert knikte en liep met haar mee naar de keuken. Hij zag er terneergeslagen uit.

„Of wil je liever naar huis?" vroeg Agneta, zich naar hem omdraaiend. „Als zij op je wacht …" Ze had er moeite mee de naam uit te spreken.

„Wat weet Katja van Agnes?" vroeg hij zich hardop af. Dat was natuurlijk waar, dacht Agneta, terwijl ze met de koffie bezig was. Wat wist Katja van haar vaders verleden en van mensen uit die tijd? Die twee konden alleen maar over het heden praten. Voor het eerst dacht Agneta dat deze relatie misschien voor haar vader ook niet zo gemakkelijk was. Goed, er was iemand bij hem, hij was niet langer hele avonden alleen. Maar hij kon maar weinig met haar delen. Hij zou ook niet over zijn vrouw kunnen praten. 'Je kunt niet blijven rouwen,' had Katja gezegd. Agneta was er zeker van dat haar vader veel van zijn vrouw had gehouden. Dat kon deze blonde jonge vrouw niet uitvegen.

„Je gaat waarschijnlijk zeer binnenkort naar Frankrijk," veronderstelde Bert nu.

Ze knikte. „Ik moet kijken hoe de situatie daar is. En ik moet die notaris spreken. Hoe staat het huis erbij? Wil ik daar wel alleen wonen? Kan ik daar werk krijgen? Kan ik een vergunning krijgen om een praktijk aan huis te beginnen? Dat soort dingen wil ik uitzoeken."

„Dat laatste lijkt me niet verstandig," zei haar vader nu. „Dan zit je daar hele dagen. In de zomer is dat niet zo'n punt, maar als het winter is … Lieve kind, je zult daar totaal vereenzamen."

„Misschien kan ik wel een deel van het huis verhuren. Aan vakantiegangers of permanent. Ik moet er echt eerst heen om de mogelijkheden te bekijken. En ik wil ook met die Inge ter Beek praten."

Weer leek haar vader iets te willen zeggen, maar in plaats daarvan dronk hij van zijn koffie.

16

„Volgens mij weet jij wie ze is," zei Agneta. „Vertel het mij dan liever. Ik kom daar als een vreemdeling om een huis op te eisen. Misschien heeft zij ook wel rechten."

„Het verwondert mij dat daarover niet geschreven wordt," zei Bert nu. Agneta bleef hem afwachtend aankijken.

„Inge is gewoon een goede vriendin van Agnes," zei hij onwillig.

Agneta ging zitten, nam een slokje van haar koffie en vroeg dan: „Was zij soms meer dan een vriendin?" Bert bewoog ongemakkelijk.

„Ik weet niet of ...," begon hij aarzelend.

„Kom op, pa, ik ben ruimschoots volwassen," zei ze ongeduldig.

„Ik vind dat je dit maar aan die Inge zelf moet vragen," maakte hij zich ervan af.

Agneta had altijd gedacht dat tante Agnes naar het buitenland was vertrokken omdat Nederland haar te bekrompen was. Maar misschien speelde er heel iets anders mee. Een jaar of twintig geleden was men nog niet zo tolerant als nu. Misschien hadden haar ouders het wel prettig gevonden dat Agnes niet in de buurt woonde. Waarom hadden ze haar nooit iets verteld? Waarom had tante Agnes het feit dat ze een relatie had met een vrouw ook voor haar verzwegen?

Haar vader stond plotseling op. „Ik ga weer. Bel me als je weet wanneer je gaat. Ik ben bijna blij dat Ellen dit niet heeft hoeven meemaken. Ze hield veel van Agnes."

„Was het zo dat jullie haar jaren geleden het liefst het land uit wilden hebben?" vroeg Agneta.

„Zeker niet. Maar aangezien Agnes jou nooit iets heeft verteld, denk ik niet dat dit nu mijn taak is. Nogmaals: praat met Inge ter Beek. Het is een aardige vrouw."

Ik had niet anders verwacht, dacht Agneta toen haar vader was weggereden. 'Ik hield ook van haar,' had Inge geschreven. Maar bij Agneta was er toen geen lampje

17

gaan branden. Arme tante Agnes, om je hele leven zo'n geheim te moeten meedragen. Was dat de reden dat ze zo afgelegen was gaan wonen? Agneta dacht niet dat de mensen in Frankrijk zoveel toleranter waren dan in Nederland. Aan de andere kant: ze had waarschijnlijk heel weinig contacten gehad.

Tante Agnes had tot een paar jaar geleden gewerkt als verpleegkundige, maar misschien was ze toch een buitenstaander gebleven. En dan die Inge ... Hoe hadden ze elkaar ontmoet? Hadden ze al die tijd samengewoond? Maar toen zij er logeerde was er niemand dan tante Agnes. Haar vader had gelijk. Het was vreemd dat Agnes het huis niet aan haar vriendin had nagelaten.

Door afspraken te verzetten en een oproepkracht in te schakelen, zag Agneta kans om binnen een week reisvaardig te zijn. Ze nam in eerste instantie acht dagen vrij. Het leek lang, maar ze moest een bezoek brengen aan de notaris en langs bepaalde instanties, in verband met haar werk. En, niet te vergeten, naar de gemeente. Ze kon toch niet zonder meer in het huis gaan wonen? Misschien moest ze wel een verblijfsvergunning hebben.

Mogelijk wilde ze het huis ter plaatse alsnog van de hand doen. Misschien was het in de loop der jaren wel ernstig verwaarloosd en zou er veel onderhoud moeten plaatsvinden. Daartoe moest ze dan van alles regelen, dat zou moeilijk zijn vanuit Nederland.

Ze slaakte een zucht. Ze moest ophouden met piekeren. Ze kon er nu nog niets zinnigs over zeggen.

Vandaag was het donderdag. Over twee dagen zou ze vertrekken. Voor zover ze na kon gaan, was alles in orde. Ze had zelfs een plaid in de auto gelegd, voor het geval dat ze door onvoorziene omstandigheden in de auto zou moeten overnachten. Het was dan wel geen vakantietijd, maar er kon van alles gebeuren waardoor er files ontstonden.

Ze moest haar vader nog bellen, schoot haar dan te binnen. Ze had tot het laatste moment gewacht, zodat hij haar niet meer kon vragen bij hem langs te komen.

Hij meldde zich met "Bert van Doorn" en Agneta reageerde eerst niet. Waarom moest zijn voornaam erbij? Een idee van haar natuurlijk. Dat klonk jonger. Straks meldde hij zich nog met Bertie. „Ja?" vervolgde haar vader nu ongeduldig.

„Met Agneta. Ik wist even niet of ik wel het goede nummer had," kon ze toch niet nalaten te zeggen. „Maar je heet inderdaad Bert. Morgen vertrek ik voor een week naar Normandië."

„Morgen al? Je hebt wel haast. Kom je nog afscheid nemen?"

„Pa, het is maar voor een week." Ze wist echter heel goed dat als haar vader alleen was geweest, zij zeker nog naar hem toe was gegaan.

„Dan komen wij zelf nog wel even langs," zei hij nu.

„Wij?!" vroeg ze scherper dan de bedoeling was geweest. Haar vader had echter al neergelegd en Agneta keek boos voor zich uit. Kwam dat mens dus ook mee. Waar was dat goed voor? Begreep haar vader niet dat ze daar totaal geen behoefte aan had!

Even later stond ze voor haar kast en haalde daar een smalle, donkere jeans uit. Daarop nam ze haar witte, zijden blouse met borduurwerk, en een brede riem voltooide het geheel. Ze trok ook haar schoenen met hoge hakken aan, waardoor ze nog langer leek dan haar één meter vijfenzeventig.

Ze keek in de spiegel. Haar grijze ogen met de donkere wimpers waren echte blikvangers. Ze droeg het blonde haar vrij kort. Ze dacht erover het te laten groeien en het dan op te steken. Dat zou goed staan, peinsde ze nog steeds voor de spiegel. Dan deed ze een stap achteruit en holde de trap af. In de kamer plofte ze in een stoel. Wat mankeerde haar om zich op te doffen voor het liefje van haar vader? Ze leek wel gek! Ze stond op en liep naar de keuken, aarzelde of ze vast koffie zou zetten. Ze wilde niet dat ze lang bleven, maar een kop koffie was wel het minste wat ze hen kon aanbieden.

Toen er gebeld werd, haastte ze zich niet. „Ik dacht dat je al in bed lag," was dan ook haar vaders eerste opmerking.

„Ga je nog uit?" vroeg Katja, haar van top tot teen opnemend.

„Nee, ik heb de kleren aan die ik morgen ook aantrek," antwoordde Agneta vlot. „Ik wil vroeg vertrekken, maar kom even binnen."

Ze volgden haar de kamer in. „Koffie?" vroeg Agneta.

„Graag," antwoordden ze tegelijk. Katja keek rond in de kamer, die modern maar gezellig was ingericht.

„Dus dit ga je achterlaten voor een of andere bouwval in Frankrijk?"

Agneta, die juist uit de keuken kwam, reageerde verontwaardigd. „Een bouwval? Ben je er soms geweest?"

„Nee, maar dat is toch vaak zo met die huizen in Frankrijk. Kijk je weleens naar dat tv-programma over mensen die daar een huis hebben gekocht? Ruïnes zijn het vaak."

„Tante Agnes heeft dit huis twintig jaar geleden gekocht. Zij was zeker niet het type om haar bezit te verwaarlozen. Trouwens: waar bemoei jij je mee?"

„Nou, nou," suste haar vader nu. „Maar Agneta heeft gelijk. Ik ben er maar enkele keren geweest, maar het is zeker geen bouwval."

„Toch had je blijkbaar nooit de behoefte om vaak terug te gaan," reageerde Katja scherp. Toen richtte ze zich tot Agneta. „Wij hebben een voorstel. Niet, Bertie?" Bert bewoog zich ongemakkelijk.

„Ik weet niet of dat wel zo'n goed plan is, dat heb ik je al gezegd."

„Wat is het dan?" vroeg Agneta.

Katja keek naar haar op en zei: „Wat ben jij lang, zeg." Het klonk niet bepaald positief.

„Wat wilde je zeggen, pa?" vroeg Agneta, de ander negerend.

„Wel, wij tweeën … wij willen wel met je meegaan. Je kunt daar vast wel wat hulp en goede raad gebruiken."

„Ik dacht: dat is voor Bert wel leuk. Na de dood van je moeder is hij nergens meer geweest," haakte Katja in. „We kunnen met onze eigen auto gaan."

Hoewel Agneta totaal overdonderd was door dit voorstel, ontging het haar niet dat Katja het over 'onze eigen auto' had gehad.

„Geen sprake van!" Ze ging naar de keuken en schonk met trillende handen de koffie in de kopjes. Ze was verre van kalm, maar ze wilde zich uit alle macht beheersen.

„Je gaat dus liever alleen," zei haar vader toen ze weer binnenkwam.

Ze knikte slechts. De gedachten aan haar tante Agnes en het feit dat haar vader met deze vrouw haar huis binnen zou gaan, brachten de tranen in haar ogen. Waar ging dit eigenlijk over? Tante Agnes was dood en dat mens wilde een vakantiereisje! Ze zag haar al nieuwsgierig in tantes spullen neuzen.

„Ik ga alleen. Jullie zijn daar niet welkom," benadrukte ze.

„Dit is toch het toppunt!" zei Katja verontwaardigd. „Gelukkig zijn we vrij om te gaan waar we willen."

Agneta zei niets. Katja had natuurlijk gelijk. Wie zou haar tegenhouden als ze naar Frankrijk wilde vertrekken? Misschien kon ze 'Bertie' wel overhalen.

Agneta verdween naar de keuken voor het tweede kopje koffie. Ze wilde dat ze nu vertrokken. Het werd haar allemaal te veel. Ineens stond haar vader achter haar.

„Het spijt me, meisje. Het was niet mijn idee," zei hij zacht. Snel draaide ze zich om.

„Oh, pa, waar ben je aan begonnen?" Hij stak zijn hand naar haar uit en ze leunde even tegen hem aan. „Vergeet nooit hoeveel ik van je moeder hield. En hoeveel ik van jou houd." Hij fluisterde haast.

„Pa, dit is een noodsprong van je!"

„Zo'n sprong neem je, als je in nood bent," zei hij. „Ik ben erg alleen, Agneta. Je moeder is weg, tante Agnes is er nu ook niet meer. En morgen vertrek jij ook. Katja geeft me wat afleiding."

„Als je er maar voor zorgt dat ze me niet achternakomt," zei Agneta strak.

Hij knikte. „Dat doet ze heus niet." Hij nam de koffie voor haar mee. Er werd niet veel meer gezegd en even later vertrokken haar vader en Katja. Agneta omarmde haar vader en hij hield haar stevig vast. „Pas goed op jezelf en neem geen overhaaste beslissingen," zei hij nog. Daarop liep hij snel naar de auto. Agneta overwon zichzelf en gaf Katja een hand.

„Zorg goed voor hem," zei ze alleen. Katja reageerde niet. Ze liep met snelle passen naar de auto en keek Agneta niet meer aan. Agneta zwaaide naar haar vader en keek de auto even na. Zouden ze ruzie krijgen, vroeg ze zich af. Dat was niet te hopen. Haar vader kon niet tegen conflicten en dan zou dat mens misschien alsnog haar zin krijgen. Mee naar Normandië, ze leek wel gestoord! Misschien vond ze het nu al saai met haar vader en zocht ze afleiding. Nu, dan zou ze hem wel zover krijgen dat hij binnen afzienbare tijd een vakantie naar de zon boekte.

Desondanks constateerde Agneta dat ze niet meer zo boos op haar vader was als ze in het begin was geweest. Hij had nog steeds verdriet om haar moeder, daar had Katja niets aan veranderd. En hij zou binnen niet al te lange tijd wel inzien dat dít niet de oplossing was.

HOOFDSTUK 2

De volgende morgen vertrok Agneta al vroeg. Ze had haar appartement doorgelopen met het gevoel dat ze afscheid nam. Maar dat was onzin, want zelfs als ze in Normandië ging wonen, dan moest ze hoe dan ook terug naar haar appartement om de zaken te regelen.

De eerste uren in Nederland en België had ze veel last van files, maar eenmaal in Frankrijk was het een stuk rustiger op de weg. Ze stopte slechts één keer om te tanken en iets te eten. Vreemd genoeg had ze het gevoel dat ze zich moest haasten, terwijl er niemand op haar wachtte.

Ze had alleen een korte brief naar tantes adres gestuurd, in de hoop dat Inge die zou ontvangen. Als er niemand was zou ze niet eens naar binnen kunnen, want een sleutel had ze niet. Het enige wat ze in dat geval kon doen, was de notaris opzoeken. Maar hij woonde niet bepaald in de buurt, ze moest ervoor naar Caen.

Nu zat ze zich alweer zorgen te maken! Volgens haar vader was ze te veel alleen. Dat zou het er niet beter op maken. 'Je zult daar vereenzamen,' had hij gezegd. Onzin! Ze zou werk zoeken en was dan de hele dag met mensen bezig.

Toen ze eenmaal van de snelweg af was, schoot ze minder hard op. Het was op zich een prachtige weg, dicht langs de kust, maar ze moest niet al te veel opzij kijken. Ze reed niet zo hard en werd soms gevaarlijk gepasseerd. Toen er een auto naast haar bleef rijden, had ze het gevoel dat ze van de weg werd geduwd. De bestuurder van de rode cabrio was een jonge kerel. Af en toe trakteerde hij haar op een flitsende glimlach. Het spelletje maakte Agneta doodzenuwachtig, temeer daar er een hele rij auto's achter haar reed. Sommigen probeerden te passeren, maar zagen al snel in dat dit niet zou lukken. Anderen claxonneerden driftig.

Zodra Agneta een uitsparing in de weg zag, remde ze af en stopte ze. De rode cabrio reed tot haar opluchting door en de rij auto's passeerde. Een aantal bestuurders wierp haar een nijdige blik toe. Het is mijn schuld toch niet, dacht Agneta boos. Ze bleef staan wachten tot er geen auto meer te zien was. Als het nog ver was, zat ze straks misschien weer met hetzelfde probleem. Maar het was niet ver meer, meende ze zich te herinneren. Voor ze het goed en wel besefte, was ze bij de afslag. Ze remde en nam de scherpe bocht naar links. Halverwege remde ze nog eens, omdat ze twijfelde of ze wel goed zat. Ze stapte uit en keek om zich heen. Het was koud: ook in Normandië was het herfst. De omgeving was kaal en winderig en leek onherbergzaam. Dorre bladeren ritselden op het pad. Ze hoorde de golven bulderend op het strand slaan. Ze besloot verder te rijden, maar moest al snel weer stoppen omdat de weg overging in een smal pad. Had ze dan toch de verkeerde afslag genomen?

Ze stapte opnieuw uit en besloot het pad af te lopen. Ze herinnerde zich nu dat deze weg ook bij het huis uitkwam, maar slechts zelden werd gebruikt. Logisch, want wie dit pad nam moest zich een weg banen door duinhelm en struikgewas en vervolgens een uitgesleten trap beklimmen.

Op datzelfde moment zag ze het huis met de witte luiken liggen. De luiken waren gesloten, waardoor het huis er ontoegankelijk uitzag. Ze wist dat het huis aan de andere kant een trap had die naar het strand liep. Dit was het eind van de wereld, schoot het door haar gedachten. Het huis lag anderhalve kilometer van de grote weg, tien van de dichtstbijzijnde noemenswaardige plaats. Ze zuchtte diep en liep langzaam om het huis heen. Er was niemand, dus haar reis was nog niet ten einde. Toen ze de hoek omging, hield ze even haar adem in. Beneden, naast de trap, stond de rode auto. Ze staarde ernaar alsof ze hoopte dat de wagen daardoor in lucht zou oplossen.

Wat deed die kerel hier? Hij had de andere weg genomen, dus hij moest hier bekend zijn. Even dacht ze erover om terug te gaan, maar ze vermande zich. Zij had het recht hier te zijn. Misschien was hij wel iemand van het notariskantoor, dacht ze hoopvol. Dat zou het zijn. Hoewel, van een dergelijk persoon verwachtte ze niet zulk onbeschoft gedrag als hij had laten zien.

Ze liep naar de deur, die al openging voor ze kon aanbellen. In de deuropening stond de jongeman die zoeven naast haar had gereden. Hij glimlachte zijn witte tanden bloot.

„Jij moet het nichtje van Agnes zijn. Ik ben hier om je welkom te heten."

Tot haar verrassing sprak hij Nederlands, zij het met een zwaar accent. Hij ging haar voor naar de kamer en wees haar een stoel. Dan drukte hij op een knop bij het raam, waardoor de luiken omhooggleden. Daardoor kreeg de kamer gelijk een heel andere sfeer. Een streepje zonlicht gleed over de lange tafel, waarop een bloemstukje stond. „Wil je iets drinken?" vroeg de man haar nu.

Agneta kreeg het onbehaaglijke gevoel dat hij het hier voor het zeggen had. „Wie ben je eigenlijk?" vroeg ze niet al te toeschietelijk.

„Mijn naam is Nino le Fèvre."

„En hoe ken je tante Agnes?" wilde ze weten.

„Ik heb haar jaren geleden al ontmoet. Ik kom oorspronkelijk uit België."

Aha. Dat verklaarde waarom hij Nederlands sprak. Maar niet waarom hij hier in huis rondliep alsof hij de eigenaar was. „Ik heb tante Agnes nooit over je gehoord," zei ze.

Hij haalde zijn schouders op. „Er is vast meer dat je niet van haar weet. Ik zal eerst even koffie maken." Hij stond op en liep weg. Agneta bleef zitten. Welbe-schouwd was deze jongeman nu in háár keuken aan het rommelen. Hij gedroeg zich inderdaad of hij zich volko-men thuis voelde.

„Waar woon je eigenlijk?" vroeg Agneta.

„Dan hier, dan daar. Ik woon ook weleens een tijdje hier."

„Hier?" herhaalde Agneta. „Bij tante Agnes thuis?" Dat verbaasde haar.

„Er is ruimte genoeg. Ze zei altijd dat ik als een zoon voor haar was."

Agneta ging er niet op in. Deze jongeman had iets wat haar tegenstond, maar ze kon er de vinger niet op leg-gen. Misschien was dat gevoel ontstaan toen hij haar bijna van de weg had geduwd.

„Weet je dat dit huis nu van mij is?" vroeg ze toen ze de koffie voor zich hadden.

„Ik heb zoiets gehoord. Ik had Agnes al een tijdje niet gezien. Misschien was ze niet meer helemaal bij de tijd." Hij wees naar zijn voorhoofd.

„Ze was volkomen helder. Ik kreeg nog een brief van haar, en ook een van de notaris."

„En in die brief schreef ze niets over mij?"

„Daar is ze niet aan toegekomen. Ze schreef dat ze mij van alles wilde vertellen."

De jongeman stond op en slenterde naar het raam. „Ik ga er niet van uit dat je hier komt wonen," zei hij met zijn rug naar haar toe.

„O nee? En wat brengt je tot die conclusie?"

Hij draaide zich nu naar haar om. „Je hebt toch je fami-lie, je vrienden en je werk in Nederland? Je moet wel gestoord zijn als je op deze eenzame plek komt wonen. Een mooie, jonge vrouw als jij wilt toch onder de men-sen zijn, zou ik zeggen."

„Ik heb nog geen besluit genomen," zei ze koel. „Maar ik denk niet dat ik het huis verkoop." Hij ging tegenover haar zitten. De laagstaande zon wierp nog een laatste streepje licht in de kamer. Bij het grote raam stond een zitje, vanwaar ze de zee kon zien.

„Het is een uniek plekje," zei ze. „Ik zie vanaf hier ook een paar bungalows, dus zo eenzaam is het hier niet."

„Dat zijn vakantiewoningen. Je zult het huis niet gemakkelijk kunnen verkopen. Ik wil het eventueel wel voor je verhuren."

„Ik zei je al: ik heb nog geen vaste plannen. Het komt allemaal ook zo onverwacht. Ik bedoel: de plotselinge dood van tante Agnes, deze erfenis ..."

„Ja, het is heel vreemd. Ze was nooit ziek. Ik zei Inge nog dat ze sectie moest laten verrichtten, maar dat wilde ze niet. Ik vond het verdacht, maar zij blijkbaar niet."

Hij keek haar met zijn donkere ogen strak aan en ze voelde een rilling over haar rug lopen.

„Wie is Inge?" vroeg ze dan.

„Je gaat me toch niet vertellen dat je niets afweet van je tantes grote liefde?" Agneta zweeg. Ze was niet van plan deze jongeman naar bijzonderheden te vragen.

„Je blijft vannacht dus hier. Zal ik ook blijven?" vroeg hij.

„Nee," antwoordde ze kortaf.

Hij haalde opnieuw zijn schouders op. „Ach, enkele weken geleden zat je tante hier nog. En zij voelde zich ook veilig, dus waarom jij niet?"

Wat bedoelde hij? Hij leek te willen suggereren dat tante zich hier onterecht veilig had gevoeld. Ze dronk haar kopje koffie leeg, weigerde toen hij een tweede aanbood en zei: „Ik wil nu liever alleen zijn. Misschien vind jij het niet vreemd dat je hier bent, in mijn ogen is het dat wel. Hoe wist je trouwens dat ik zou komen? En dan juist nu?" vroeg ze zich plotseling hardop af.

„Van Inge," antwoordde hij prompt.

„Heeft zij je hierheen gestuurd?"

„Hoe zou ik anders zijn binnengekomen?"

Agneta besefte dat hij daarmee geen antwoord op haar vraag gaf. Ze had Inge ter Beek inderdaad een kort briefje gestuurd, maar per adres naar dit huis.

„Waar is die Inge nu?" wilde ze weten.

„Ze woont in een huisje in het dorp. Ik weet niet of ze jou wil ontmoeten. Ik denk dat zij erop had gehoopt dit huis te erven."

„Goed." Agneta stond op. „Bedankt dat jij er was om mij binnen te laten. Ik zoek een en ander verder zelf wel uit." Zijn houding verried dat dit hem niet beviel. Desondanks stond hij op en liep hij naar de deur.

„O ja, wat ik nog wilde zeggen: je duwde me bijna van de weg af. Dat was behoorlijk gevaarlijk."

„Misschien wilde ik wel dat je hier nooit aan zou komen." Hij grijnsde en verliet het huis via de achterdeur. Ze zag door het raam dat hij met enkele sprongen de trap nam. Dat had hij duidelijk vaker gedaan. Voor hij in zijn auto stapte keek hij omhoog en Agneta deed haastig enkele passen achteruit. Ze wilde zo snel mogelijk iemand spreken die hem goed kende en die wist waarom hij hier kennelijk in huis was. Het was een knappe vent met een vriendelijke naam, Nino le Fèvre. Maar ze had het gevoel dat hij onbetrouwbaar was. En ook dat hij zich niet zomaar liet wegsturen.

Hij beweerde dat Inge het huis had willen erven. Daar had ze in haar brief niks van gemerkt. Maar waarom was ze zelf niet gekomen?

Agneta besloot eerst het huis rond te lopen; over een uur zou het donker zijn. Ze keek door het brede raam, zag de golven op het strand rollen en weer terug. Dat zou nooit veranderen. De zee bleef altijd met dezelfde zinloze inspanning bezig. Er ging een zekere rust uit van de gedachte dat dit al eeuwenlang hetzelfde was.

De sleutel stak uit de deur en ze draaide hem om. Zou Nino een sleutel hebben? Dat moest haast wel. Die zou ze terugvragen, besloot ze. Ze wilde niet dat hij hier zomaar kon binnenlopen.

Beneden was een werkkamer met daarin een bureau met een computer. De brief van tante was met de hand geschreven, die van Inge trouwens ook. Waarom zou tante een computer nodig hebben gehad? Misschien gebruikte die Nino hem wel.

Ze liep door het vertrek en zag een foto van zichzelf en een van haar moeder op het bureau staan. Wat wist ze weinig van tante Agnes' leven. Waarom was ze hier niet vaker geweest? Dan was ze niet voor de verrassing komen te staan dat hier een man rondliep die beweerde dat hij als een zoon voor tante Agnes was geweest. En Inge? Hij had haar haar grote liefde genoemd. Agneta ging steeds meer twijfelen aan zijn betrouwbaarheid.

Behalve de werkkamer had het huis beneden een slaapkamer met badkamer. Het bed was keurig opgemaakt, met schone lakens en een frisse dekbedhoes. Op het nachtkastje stond een bosje lavendel met een kaartje: 'welkom'. Dat was vast niet het werk van Nino. Daar moest Inge achter zitten.

Ze inspecteerde de keukenkastjes en de koelkast. Er waren wat levensmiddelen, zoals melk, een zak met broodjes, jam en eieren. Er was dus wel degelijk op haar komst gerekend.

Enigszins gerustgesteld liep ze naar boven. Daar waren nog drie slaapkamers, keurig ingericht maar duidelijk niet gebruikt. Er was nog een badkamer en op de ruime overloop zat een luik in het plafond. Ze herinnerde zich dat de zolder over de hele breedte van het huis liep. Het stond haar vaag bij dat je een trap nodig had om daar te komen. Maar van een trap was geen enkel spoor. Waarschijnlijk kwam er nooit iemand op die zolder en zijzelf had ook niet de behoefte om erheen te gaan.

In de keuken maakte ze iets te eten klaar. Ze nam het

blad mee de kamer in. De hemel werd langzaam donker. Alleen aan de horizon was nog een lichte streep.

Ze besloot nog wat spullen uit te pakken en vroeg naar bed te gaan. Morgen zou ze de omgeving verkennen en op zoek gaan naar Inge ter Beek. Terwijl ze zo bezig was en het langzamerhand helemaal donker werd, vroeg ze zich af of ze hier echt in haar eentje zou willen wonen. Het zou wel erg eenzaam zijn. Misschien dat ze inderdaad een kamer kon verhuren. Dan zou een van de slaapkamers als woonvertrek kunnen worden ingericht. In de zomer zou ze vast wel enkele gasten krijgen, maar dan bleven er nog zoveel maanden over.

Later, toen ze in de slaapkamer de gordijnen had dichtgetrokken en een schemerlamp aan had gedaan, bleek het een gezellig en intiem vertrek. Hier had Agnes dus twee weken geleden nog geslapen. Wat was er toch met haar gebeurd? Waarschijnlijk had ze toch een hartstilstand gehad.

Maar die Nino had haar onrustig gemaakt met zijn suggestie dat tante Agnes' dood misschien geen natuurlijke oorzaak had gehad. Ze moest dit van zich afzetten. Morgen, als ze die Inge had gesproken, zou ze vast meer weten.

Terwijl ze in bed lag, liet ze de lamp nog even branden. Het was hier werkelijk aardedonker. Dat was ze niet gewend. In haar appartement in Amsterdam zag ze altijd de lichten van de stad. En stil was het daar nooit. Hier was het zo doodstil dat ze de golven op het strand hoorde slaan en het duimhelm hoorde ritselen.

Het voelde vreemd dat ze niemand bericht hoefde te sturen dat ze veilig was aangekomen. Als haar vader alleen was geweest, zou ze hem zeker hebben gebeld. Maar nu er kans was dat Katja de telefoon aannam, zag ze ervan af. Stel je voor dat ze had toegestemd dat ze met haar meereisden ... Alleen met haar vader had wel gekund. Ze kon altijd goed met hem overweg. En ze zou zich dan minder alleen hebben gevoeld. Ze moest toch vooral proberen de relatie met haar vader niet te laten beïnvloeden door dat mens. Nu, van een afstand, leek dat gemakkelijk, maar als ze hem weer zag – helemaal in de ban van een blonde vrouw die hem 'Bertie' noemde – dan wilde ze alleen maar weggaan.

Zo bezien was dit een oplossing. Ze zou hier toch op z'n minst tijdelijk kunnen wonen. Ze had een aardig bedrag aan geld geërfd, dus ook al zou ze niet onmiddellijk werk vinden, dan hoefde dat geen probleem te zijn.

Ze knipte het licht uit en draaide zich op haar zij. Ze was nog een beetje stijf van de lange autorit. Ze sliep vrij snel en droomde dat ze met haar auto de duinen afreed en in zee terechtkwam. Gek genoeg reed ze de auto gewoon weer achteruit het strand op. Het was echter niet haar auto, maar een rode cabrio. Met het gevoel dat er gevaar dreigde sprong ze uit de auto, sloeg het portier dicht en schrok wakker.

Even bleef ze doodstil liggen. Ze had het gevoel dat het dichtslaan van het portier niet bij de droom hoorde. En toen ze een auto hoorde starten wist ze het zeker. Ze schoot haar bed uit, stootte gevoelig haar teen en hinkte naar het raam. Ze zag de achterlichten van een auto nog juist verdwijnen, maar kon niet zien of het de cabrio was. Wie zou anders midden in de nacht hierheen komen? Wat had die Nino hier te zoeken? Misschien was hij wel binnen geweest.

Agneta zag dat het bijna twee uur was. Misschien was Nino uit geweest en had hij hier willen slapen. Ze had de sleutels op de deuren laten staan en de grendels ervoor geschoven. Dus zelfs al had hij een sleutel, hij kwam niet zomaar binnen. Misschien had tante Agnes altijd rekening gehouden met zijn onverwacht komen en gaan. Met een lichte zucht kroop ze weer in bed. Ze zou er maar van uitgaan dat alles een normale oorzaak had. Maar ze moest toch meer over die Nino te weten zien te komen.

De volgende ochtend was ze al vroeg wakker. Het leek een heldere dag te worden, maar het waaide nog flink. Het was oktober; van het weer was niet zoveel goeds te verwachten.

Als ze alles hier had geregeld kon ze natuurlijk teruggaan naar Nederland en dan in het voorjaar terugkeren. Ze zou haar appartement kunnen verhuren, zodat ze altijd een uitwijkmogelijkheid had. Ze had het gekocht van het geld dat ze van haar moeder had geërfd.

Het zou niet verstandig zijn alle schepen achter zich te verbranden en haar flat te verkopen.

Maar ze had dan wel twee huizen. Ze zou dus eerst moeten uitzoeken hoe hoog de vaste lasten van dit huis waren.

Terwijl ze douchte en zich aankleedde, probeerde ze zich zo veel mogelijk te ontspannen. Ze moest niet te veel piekeren. Tenslotte was het vooral heel bijzonder dat ze nu een huis had in Frankrijk. 'Paradis Terrestre'. Ze begreep wel waarom tante dit zo had genoemd. Het was prachtig gelegen en ook keurig onderhouden. Er zat een vrij nieuwe keuken en badkamer in. Tante Agnes had gehoopt hier nog jaren te wonen. En ineens was het afgelopen …

Agneta ontbeet met enkele croissants en een glas melk en waste met de hand af. Er was zelfs een vaatwasser. Misschien had tante wel veel vrienden en kreeg ze regelmatig bezoek. Toen ze had opgeruimd opende ze de deur aan de achterkant en ging naar buiten. De rode cabrio was in geen velden of wegen te bekennen en dat was een hele opluchting.

Het leek haar het verstandigst om nu naar het dichtstbijzijnde dorp te rijden en te vragen naar Inge ter Beek. En ze moest naar de notaris. Ze wilde juist weer naar binnen gaan, toen ze een figuur onder aan de trap zag staan. Deze keer was het een vrouw. Agneta bleef wachten, in de hoop dat dit die Inge zou zijn.

De vrouw beklom de trap in een rustig tempo. Ze leek iets jonger dan Agnes. Haar haren waren losjes opgestoken. Ze droeg een moderne bril en was gekleed in een jeans met een bijpassend jasje. „Zo, je bent er dus," zei ze toen ze boven was. Ze hijgde een beetje en van dichtbij leek ze van dezelfde leeftijd als tante. „Ik ben Inge ter Beek."

„Dat hoopte ik al," glimlachte Agneta.

„Je was hier gisterenavond al, hoorde ik van Nino. Hij wilde je per se opwachten. Ik hoop dat hij zich niet te veel als een kwajongen heeft gedragen."

Agneta ging er niet op in. Het leek haar beter niet gelijk over haar bedenkingen inzake Nino te beginnen. Misschien was Inge wel heel erg op hem gesteld.

„Zullen we naar binnen gaan?" stelde ze daarom voor. Inge knikte en liep gelijk door naar de kamer. Voor het grote raam bleef ze staan. „Dit was je tantes lievelingsplekje." Ze wees naar een van de rieten stoelen en ging zelf in de andere zitten. Agneta had enige schroom om in tantes stoel te gaan zitten en wilde een andere bijtrekken.

„Doe dat maar niet. Het is zo confronterend, vind je niet? Ga jij maar in haar stoel zitten."

„Ik zet even koffie." Agneta stond weer op, evenals Inge. „Ik ga met je mee, dan kan ik je alles wijzen."

„Het is allemaal erg overzichtelijk," zei Agneta, terwijl ze de kopjes klaarzette.

Inge knikte. „Agnes was erg ordelijk. Ik bedoel maar: ze was net zestig jaar en toch had ze al geregeld dat jij het huis zou erven."

Agneta gaf niet direct antwoord, mocht dit toch een pijnlijk onderwerp blijken te zijn. Even later zaten ze beiden met de koffie voor het grote raam. De zee was rustiger dan de vorige dag. Er liepen wat mensen op het strand.

„Het is een uniek plekje," begon Agneta.

„Als je ervan houdt. Nino beweert dat hij het saai vindt. De zee is altijd hetzelfde, zegt hij dan. Maar goed, je kunt hem niet altijd serieus nemen. Je zult wel verbaasd zijn geweest hem hier aan te treffen."

Agneta knikte en zei: „Ik had nooit van hem gehoord. Van jou ook niet, trouwens. Ik begrijp dat jij een vriendin van tante Agnes was, toch?"

„Wel iets meer dan dat," zei de ander.

„Dat vermoedde ik al," gaf Agneta toe. „Nino zei dat jij dit huis had moeten erven," vervolgde ze dan toch maar.

„Nino bemoeit zich wel vaker met zaken die hem niet aangaan. Ik denk dat ik jou nu onze geschiedenis moet vertellen."

„Je bent niets verplicht," zei Agneta haastig.

Inge keek even zwijgend uit het raam, begon dan: „Agnes en ik leerden elkaar kennen toen ik overgeplaatst werd naar het ziekenhuis waar Agnes werkte. Eerst waren we heel goede vriendinnen, maar al snel kwamen wij erachter waarom het tussen ons zo klikte. We werden verliefd." Ze zweeg, keek Agneta aan of ze commentaar verwachtte. Deze zei echter niets.

„In die tijd werd dat nog moeilijker geaccepteerd dan nu," ging Inge verder. „Wij praatten er eerst met niemand over, ook niet met onze ouders. Hoewel ik denk dat die toch wel iets vermoedden, zeker toen we samen naar het buitenland vertrokken. Maar er werd niet over gepraat. Jouw ouders wisten er wel van. Je moeder heeft mij altijd geaccepteerd, je vader had er meer moeite mee. Hij kon het niet laten opmerkingen te maken in de trant van 'twee van die leuke meiden, maar niet beschikbaar voor de mannen. Wat jammer toch.' We wilden gaan samenwonen, maar daar werd in onze kring van collega's en vrienden wel vreemd tegenaan gekeken. Het was Agnes die weg wilde. Ze dacht dat ze in het buitenland vrijer zou zijn.

Agnes kocht dit huis voor ons, en we hebben het er jarenlang goed gehad samen. Het ligt afgelegen, en de mensen in het dorp bemoeiden zich niet met ons. We hadden allebei ons werk als verpleegster, en men dacht blijkbaar dat we gewoon vriendinnen waren die voor de gezelligheid bij elkaar woonden. Toen kwam Nino in Agnes' leven, en ik heb er vanaf het begin moeite mee gehad dat hij regelmatig over de vloer kwam. Er kwam verwijdering tussen Agnes en mij, en uiteindelijk kwam het tot een breuk. Ik huurde een huisje in het dichtstbijzijnde dorp. Dat huis heeft Agnes later voor mij gekocht, dus er is nooit sprake van geweest dat ik dit huis zou erven. En nu … Nu Agnes hier is overleden, zou ik hier niet eens meer willen wonen."

„Maar jullie bleven elkaar toch wel zien?"

„Jawel, maar het werd minder. Ik bleef werken, terwijl Agnes al was gestopt. Maar we bleven wel van elkaar houden." Ze glimlachte weemoedig.

„Denk je dat ze een natuurlijke dood is gestorven?" waagde Agneta.

Inge trok haar wenkbrauwen op. „Is Nino weer bezig geweest? Je moet niet te veel naar hem luisteren."

„Wie is hij eigenlijk? Hij gedraagt zich of hij hier thuishoort."

„Hij was straatmuzikant. Volgens mij had ze hem voor het eerst gezien, terwijl hij op die manier wat probeerde te verdienen. Agnes nam hem min of meer onder haar hoede, maar op een gegeven moment ging al haar aandacht naar hem. Agnes beweerde dat ik jaloers was. Misschien was dat wel zo, maar ik vertrouwde die jongen niet. Hij zag altijd kans geld van haar te lenen, wat ze nooit terugkreeg. Jij hoeft hem niet binnen te laten. Hij werkt in een restaurant en heeft daar een kamertje."

„Hij stelde voor om hier te blijven slapen," zei Agneta.

„Weigeren," antwoordde Inge prompt. „Hij heeft hier niks te zoeken. Hij heeft een hekel aan mij en dat is nog zacht uitgedrukt. Hij weet dat ik hem niet vertrouw."

Agneta besloot de vrouw niet te verontrusten met het feit dat hij haar de vorige dag bijna een ongeluk had laten krijgen. Ze betwijfelde echter of het gemakkelijk zou zijn om hem buiten de deur en buiten haar leven te houden.

„Is dit verder een rustige omgeving?" vroeg ze.

„Het is niet het paradijs, al staat dat op het huis," zei Inge nuchter. „Er gebeuren weleens nare dingen. Er is bijvoorbeeld een groepje jongeren, dat onder invloed van drugs regelmatig vervelend gedrag vertoont. Tot nu toe zijn ze er niet achter hoe ze aan die spullen komen, maar dat lijkt me een kwestie van tijd.

Verder is er een halfjaar geleden een vrouw neergestoken en beroofd. De vrouw is later overleden. Ze hebben de dader vrijwel direct opgepakt, het slachtoffer was zijn aanstaande schoonmoeder. Kortgeleden is hij echter vrijgelaten wegens gebrek aan bewijs. Maar dat zijn van die zaken die in een grote stad op veel grotere schaal gebeuren ..." overpeinsde Inge.

„Bovendien ben ik nu lang genoeg aan het woord geweest. Vertel eens wat over jezelf. Agnes had het vaak over jou, en over je moeder natuurlijk."

„Ik heb tante Agnes de laatste tijd verwaarloosd," zei Agneta schuldbewust. „We schreven of belden maar af en toe."

„Ze had met de rest van haar familie helemaal geen contact. Dus jij was een extraatje," glimlachte Inge. „Maar jouw ouders hebben je dus nooit verteld over mijn bestaan."

Agneta gaf niet direct antwoord. Waarom was dat eigenlijk niet gebeurd? Inge moest hierdoor wel het gevoel krijgen dat ze gewoon was uitgeveegd.

„Niet dat ik me kan herinneren," zei ze voorzichtig.

„Begrijpen doe ik het niet. Zeker niet van moeder. Toen ik pa vroeg wie je was, reageerde hij ontwijkend."

„Het lag niet alleen aan je ouders. Agnes wilde het ook niet. Ze was bang nog meer mensen kwijt te raken. Maar nu hebben we het weer over Agnes. Vertel me eens over jouw leven."

Agneta begon te vertellen over haar werk in het revalidatiecentrum. Over haar relatie met Theo en dat ze nu weer alleen was. En ook dat ze niet wist wat ze nu met het huis moest doen. Ze zou hier best tijdelijk willen wonen. Kijken of ze werk kon vinden. Het zou iets heel anders zijn. Het was een uitdaging. Maar ze zei ook dat ze bang was zich erg alleen te voelen.

„Agnes kon dat goed aan," antwoordde Inge. „Het is hier niet altijd zo stil; in de zomer kan het best druk zijn. Een paar kamers verhuren lijkt me geen slecht idee. Daardoor zal het huis tot leven komen," meende Inge. „Hoe is het trouwens met je vader? Hij zal het moeilijk hebben. Volgens Agnes was hij dol op je moeder."

„Ja, dat dacht ik dus ook," zei Agneta, waarop ze vertelde hoe de situatie nu was. „En dat is dus ook de reden dat ik een tijdje weg wil," besloot ze.

„Toch heeft hij jou ook nodig," gaf Inge als commentaar.

„Ik had gedacht dat hij mijn moeder trouw zou blijven," zuchtte Agneta.

„In zijn hart is hij dat ook, geloof dat maar. Wat ik zo om me heen zie, is dat de meeste mannen er niet tegen kunnen om alleen te zijn."

Agneta keek haar aan. „Weet je, Inge, vanmorgen ben ik in veel opzichten een stuk wijzer geworden."

De ander glimlachte. „We kunnen vast wel van elkaar leren, maar nu is er genoeg gepraat." Ze stond op. „Ik hoop dat je mij ook eens komt opzoeken."

„Natuurlijk! En jij bent hier altijd welkom." Ze liep met Inge mee naar buiten, waar ze beiden nog even bleven staan. Ze zou hier nooit zomaar kunnen doorlopen, dacht Agneta. De zee en het brede strand hielden direct haar aandacht gevangen.

„Inge toch! Nu ga je mij toch niet vertellen dat jij je oog hebt laten vallen op deze schoonheid," klonk het plotseling. „Ook al is ze net als jij, dan is ze nog veel te jong."

Nino kwam van de andere kant van het huis en keek Inge onbeschaamd aan.

„Wat kom je hier doen?" vroeg Inge boos. „Nu Agnes er niet meer is, heb je hier niets te zoeken. Ik weet dat ze jou wat geld heeft nagelaten, maar daarvoor moet je bij de notaris zijn." Inge mocht Nino duidelijk niet.

„Er is nog wel meer, maar dat weet jij niet," antwoordde Nino geheimzinnig.

„Dat maakt me niet uit. Als jij ons blijft lastigvallen, waarschuw ik de politie," zei Inge ferm.

„Maar die luisteren niet naar iemand zoals jij."

Agneta vroeg zich even af of hij gelijk had. Werden mensen als Inge hier nog gediscrimineerd? Het was best mogelijk.

„Houd er rekening mee: ik ben Agnes niet en zij ook niet," zei Inge nog. Ze liep naar de trap. Daar aangekomen gaf Nino haar een onverwachte duw, zodat ze bijna de eerste traptrede miste. Het scheelde weinig of ze viel. Ze bleef staan en keek Nino aan met ogen donker van woede.

„Pas op jij! Ik heb je de hand boven het hoofd gehouden vanwege Agnes, maar er zijn dingen die ik van je weet. Als ik die bekendmaak, heb je zo de politie achter je aan."

Ze liep door en keek niet meer om, blijkbaar niet bang dat Nino zijn handeling zou herhalen.

Nino liep terug naar de voorkant van het huis. Zijn auto zou nu bij de hare staan. Het was misschien beter om hem te verplaatsen, zodat ze er zicht op had. Maar eerst zou ze boodschappen doen. Nino bleef echter in haar gedachten. Hoe kwam ze van hem af? Eén ding was zeker: tante Agnes had gehandeld vanuit haar goede hart, maar verstandig was het niet geweest. Deze jongen was niet te vertrouwen ...

HOOFDSTUK 3

Die avond liep een lange donkere man door de straten van de kleine stad. Hij droeg slechts een kleine koffer. Mensen namen hem vluchtig op, maar hij keek recht voor zich uit. Om deze tijd van het jaar kwamen er niet veel vreemdelingen in het stadje. Cedric Mitchell viel op door zijn vastberaden manier van lopen, zonder daarbij naar links of naar rechts te kijken. Toen hij het enige hotel van het stadje binnenging, dachten sommigen: dus toch een toerist.

Cedric vroeg een kamer voor één nacht. De eigenaar begon een praatje over het seizoen dat ten einde liep. Hij vroeg of meneer nog veel verder moest reizen, maar toen de man in het Engels antwoordde, was hij snel uitgepraat. Cedric was uiterst vriendelijk, maar de man kwam behalve zijn naam niets van hem te weten.

„Een Engelsman," zei de eigenaar tegen zijn vrouw. Maar Cedric was geen Engelsman. Hij woonde in Frankrijk, in Dinan om precies te zijn, een oude plaats zo'n honderdvijftig kilometer verderop. Morgen reisde hij verder naar Dinan, op zoek naar wat er over was van zijn leven. Hij was nu hier omdat deze plaats de laatste was geweest die hij in vrijheid had gezien. En ook omdat hij hier het vertrouwen in de mens had verloren.

Morgen zou hij langs het huis van Claires moeder lopen. De vrouw die hij had gevonden, neergestoken en hevig bloedend. Iemand had de politie gebeld; iemand die hem het huis had zien binnengaan. Zodoende was hij de eerste verdachte. Hij was onmiddellijk meegenomen naar het politiebureau. En nu was hij weer vrij man. Door een DNA-test was men erachter gekomen dat hij het niet gedaan kon hebben, of dat er in elk geval nog iemand anders in de woning was geweest. Er was verder geen enkel bewijs tegen hem, behalve dan het feit dat hij op de plaats was geweest waar vlak daarvoor een misdrijf was gepleegd.

Daarom was hij nu hier. Hij wilde uitzoeken wie hem dit had aangedaan, maar hij mocht geen argwaan wekken. Hij zou morgen met de hoteleigenaar praten. De man kende hem niet. Zo vaak had hij Claires moeder niet opgezocht, en zeker niet in z'n eentje. Maar die dag was hij in de buurt geweest en impulsief had hij besloten mevrouw Becourt een bezoekje te brengen. Als gevolg daarvan had hij vijf maanden gezeten. Maar hij zou niet rusten voor hij de echte dader had gevonden. Claires moeder was twee dagen later aan haar verwondingen overleden, zonder bij kennis te zijn gekomen.

Morgen na het ontbijt zou hij een wandeling maken, langs het huis van mevrouw Becourt gaan en mogelijk naar de begraafplaats. En dan ging hij naar Claire. Zij zou er inmiddels wel van op de hoogte zijn dat hij vrij was. Ze had hem slechts enkele malen opgezocht. Diep in zijn hart wist hij dat Claire er niet zeker van was of hij niet toch de dader was.

Hij zou ook teruggaan naar zijn werk. Hij werkte als journalist bij een grote krant en sprak daardoor veel talen vloeiend. Maar hij was niet zo naïef te denken dat zijn plaats nog vrij zou zijn. Hij mocht blij zijn als hij nog wat kleine opdrachten kreeg, maar zelfs dat was onzeker. Veel van zijn collega's waren ervan uitgegaan dat hij niet onschuldig was. Dat was hard aangekomen. Toen ook Claire duidelijk haar twijfels had laten blijken, had hij het heel moeilijk gekregen. Maar de politie was er nu dus eindelijk achter dat hij de dader niet kon zijn. De vraag was: geloofden anderen dat ook?

„Waarschijnlijk niet," had de rechercheur gezegd. „Niet voordat de werkelijke dader is gevonden."

De volgende morgen zat hij als enige in de ontbijtzaal. Hij sprak de eigenaar nu toe in het Frans. „U bent dus geen Engelsman," concludeerde die.

Cedric schudde het hoofd. „Ik spreek diverse talen en ik speel daar graag een beetje mee."

„Wat doet u voor werk?" vroeg de man.

Cedric zweeg een moment. Het was niet de bedoeling dat de ander hem ging ondervragen. Dan bedacht hij dat het misschien geen kwaad kon als men wist van zijn beroep.

„Ik werk voor een krant," zei hij.

„O ja? Op zoek naar nieuwtjes? Dan moet u hier niet zijn. Hier gebeurt nooit iets."

„Het is hier dus een en al rust," constateerde Cedric.

De man trok een stoel bij. Hij was duidelijk verlegen om een praatje. „Het is uiteraard het paradijs niet. Er zijn jongeren die weleens baldadig zijn en die vernielingen aanrichten. Men zegt dat er drugs worden verhandeld. We hebben last van winkeldiefstal en inbraken. Maar het ergste is dat een halfjaar geleden een oudere vrouw is omgebracht."

„Echt?" vroeg Cedric verwonderd. „Hebben ze de dader?" Hij schonk zichzelf nog eens koffie in, deed of het antwoord hem niet echt interesseerde.

„Ze betrapten de dader in het huis van de vrouw. Het bleek haar aanstaande schoonzoon te zijn."

Cedric floot tussen zijn tanden. „Dat is niet niks."

„Toch waren er ook twijfels," ging de man verder. „Ten eerste ontkende de man. Hij zei dat hij de vrouw zo had gevonden. Hij had zelfs nog geprobeerd om haar te helpen en een ambulance gebeld, maar toen was de politie al ter plaatse. Maar goed, men dacht toen dat het waarschijnlijk niet zijn bedoeling was geweest de vrouw zo hard te raken. Het was wel vreemd dat de politie zo snel ter plaatse was. Ze waren gebeld, maar ze hebben nooit kunnen achterhalen van wie dat telefoontje kwam ..." zei de man nadenkend. Hij vervolgde: „Ik hoorde trouwens dat die schoonzoon weer vrijgelaten is. Niet omdat ze de echte dader hebben, nee, er schijnt geen overtuigend bewijs te zijn."

„Dus die man zat al die tijd onschuldig vast?"

De man keek Cedric plotseling scherp aan. „Wilt u er soms een stuk over schrijven?"

„Dat was niet mijn bedoeling. Ik ben op doorreis," zei Cedric schouderophalend.

„Toch is het geen prettig idee dat die man weer vrij rondloopt," zei de ander. „Er is dan wel geen bewijs dat hij het heeft gedaan, maar ook niet dat hij onschuldig is."

„U bedoelt dat u bang bent dat hij nog eens zal toeslaan?" vroeg Cedric nonchalant.

„Ik niet alleen. Er wonen hier genoeg mensen alleen. Het leven is nergens meer veilig."

Cedric antwoordde niet. Het was duidelijk dat de aanval op Claires moeder diepe indruk op het dorp had gemaakt. Er was natuurlijk veel over gepraat. En de praatjes zouden weer toenemen nu hij vrij was. Hij kon hier beter niet te lang blijven.

Claires moeder had wat afgelegen gewoond en hij was er niet vaak geweest, dus men kende hem niet echt. Maar het was waarschijnlijk een illusie te denken dat niemand hem ooit had gezien.

Hij vroeg om de rekening en de man stond op. Terwijl hij wachtte, keek Cedric peinzend naar buiten. Als hij de zaak echt uit wilde zoeken, moest hij niet in Dinan blijven. Dan zou hij in de eerste plaats hier moeten rondvragen en observeren. Maar dan moest hij vertellen wie hij was en zou de echte dader zich zeker uit de voeten maken. Hij besloot eerst maar eens met Claire te gaan praten. Het ging tenslotte om haar moeder.

Hij nam afscheid van de hoteleigenaar en liep naar het parkeerterrein. Hij was eerst van plan geweest hier wat rond te dwalen, maar dat leek hem niet verstandig. Hij zou te veel opvallen.

Hij reed wat later langzaam voorbij het huis van Claires moeder. Er was niets veranderd, er stond alleen een bord met 'verkocht' in de tuin.

Dat had Claire hem niet verteld. Hij had haar de laatste tijd maar heel weinig gezien. Wat zou zij nog meer hebben geregeld zonder hem erin te kennen? Hij had in de gevangenis gezeten, maar dat wilde niet zeggen dat hij nergens meer over kon meedenken. Cedric begon zich boos te maken. Had ze hem volledig buitenspel gezet?

Hij was benieuwd hoe ze op het nieuws van zijn vrijlating zou reageren. Als ze nog steeds niet overtuigd was van zijn onschuld, konden er weleens harde woorden vallen. Had ze tijdens het verhoor in de rechtszaal niet gezegd: „Mijn vriend mocht mijn moeder niet erg." Hij was inderdaad niet dol op Claires moeder geweest, maar was dat een reden om te denken dat hij haar zo hard aan zou pakken?

In eerste instantie had men gedacht dat het om een roofoverval ging, maar er was nauwelijks iets van waarde gestolen. Het gouden horloge van Claires vader lag gewoon op het tafeltje bij zijn foto. Er was alleen wat geld weg, maar veel had de vrouw niet in huis gehad. Toen ze hem, Cedric, arresteerden, had hij alleen zijn creditcard bij zich.

Al snel waren er twijfels geweest. Hij had dan ook niet gedacht dat ze hem echt zouden arresteren, maar dat was wel gebeurd. En ze hadden er vijf maanden over gedaan om te ontdekken dat ze waarschijnlijk toch de verkeerde te pakken hadden.

Cedric reed met de auto het stadje uit en kwam op de grote weg. Hij was op weg naar huis. Hij hoopte dat het ook zou voelen als thuiskomen, al was hij daar niet zeker van. Hij had Claire maar één keer gevraagd waarom ze zo weinig op bezoek kwam. „Ten eerste door de afstand," was ze de opsomming begonnen. Hij zat in Cherbourg, een uurtje rijden, schatte hij. Ze had het enorm druk; ze moest alles immers alleen doen, had ze gezegd. Na de begrafenis van haar moeder had ze al haar spullen na moeten kijken en het huis leeggehaald. Ze had natuurlijk veel verdriet gehad. Dat had ze niet met hem kunnen of willen delen. Want ze was er niet voor honderd procent zeker van dat hij dit verdriet níet had veroorzaakt. Hoe had ze toch kunnen denken dat hij tot zoiets gewelddadigs in staat was? Ze waren nu bijna vijf jaar samen en hadden het er zelfs weleens over gehad om te trouwen. Waarom had hij het gevoel dat dat nu volledig van de baan was?

Hij kon in elk geval niet leven met iemand die hem van zoiets afschuwelijks verdacht.

Hij reed niet in één ruk door naar Dinan, maar stopte bij een restaurant om wat te eten. Hij betrapte zichzelf erop dat hij er niet echt naar verlangde om Claire te zien, maar hij moest ook weer niet te hard oordelen. De schok was groot geweest, en de politie in eerste instantie zeer overtuigd dat hij de dader moest zijn.

Wat later reed hij de stad binnen. Ze woonden in een groot appartement boven een garage. Hij parkeerde de auto en keek omhoog. Natuurlijk stond ze niet op de uitkijk, ze wist immers niet wanneer hij kwam? Hij liep snel de trap op, stond even aarzelend stil voor de deur. Hij had een sleutel, of was het beter om aan te bellen? Maar hij ging toch zijn eigen huis binnen? Resoluut stak hij de sleutel in het slot en draaide deze om. In de gang keek hij om zich heen. Er waren wat dingen veranderd, al kon hij niet precies zeggen wat. Echt iets voor Claire. Nu was hij er niet geweest om te zeggen dat niet iedere verandering een verbetering was, dacht hij een beetje schuldig. Hij opende de kamerdeur. De vrouw die stond te strijken, smeet haar ijzer neer en slaakte een kreet. Die vrouw was Claire niet. Trouwens: dit huis, deze kamer – het kwam hem allemaal volkomen vreemd voor.

„Dit is toch nummer vijfenveertig?" vroeg hij.

De vrouw knikte. „Wie bent u?"

„Vijf maanden geleden woonde ik hier. Mitchell," stelde hij zich voor.

De vrouw deed enkele passen achteruit en nam haar strijkijzer in de hand. „Wat komt u doen? U woont hier niet meer. Ik huur dit appartement al een maand of drie."

Er begon iets tot Cedric door te dringen, waarvoor hij zich vooralsnog wilde afsluiten.

„Waar is degene die hier eerst woonde?" vroeg hij.

„Dat weet ik niet. Ze woonde hier alleen, maar trok toen bij een vriend in."

„Een vriend, zei u?"

„Ja, meer weet ik ook niet. Ik heb er ook niets mee te maken."

„U hebt gelijk. Maar ík heb er alles mee te maken. Heeft ze dan niets voor mij achtergelaten? Iets in de vorm van een briefje of iets dergelijks?"

De vrouw liep naar een kastje aan de wand, het strijkijzer nam ze mee.

„Bent u van plan mij met dat ding te lijf te gaan?" vroeg Cedric cynisch.

De vrouw draaide zich om en gaf hem een dichte enveloppe. „Ik heb een en ander over u gehoord," zei ze kortaf. Cedric nam het briefje van haar aan.

„Ik begrijp het," zei hij alleen. Hij knikte haar toe en verliet het huis dat het zijne niet meer was. Claire was dus gewoon vertrokken. Bij een vriend gaan wonen. Daar had ze het al die maanden dus druk mee gehad. Cedric stapte in de auto en keek nog even omhoog. Hij zag een gordijn bewegen. Hij startte de auto en reed naar de ingang van een park, waar hij de wagen parkeerde. Dan las hij het briefje.

Beste Cedric,

Ik kan dit niet. Ik kan niet meer met je samenwonen, nu deze gebeurtenis tussen ons in staat. Ik voel dat ik je niet meer vertrouw, terwijl ik toch echt van je heb gehouden. Mijn verstand zegt dat jij hier niets mee te maken hebt. Maar dan denk ik weer: wat deed je daar dan? Het is ongeloofwaardig dat je in de buurt was en in een spontane opwelling naar moeder toe ging. Het zou niet zo vreemd zijn als dit vaker was gebeurd. Cedric, ik weet dat we hier niet uitkomen. Ik heb enkele spullen en kleren van jou laten opslaan bij Hassan. Ik woon nu ergens anders en probeer maar niet om mij op te sporen. Als ik jou zie, zal ik altijd aan de gewelddadige dood van mijn moeder moeten denken. Het is niet anders.

Ondanks alles wens ik je het beste.

Claire

Cedric vouwde het briefje terug in de enveloppe en bleef enige tijd doodstil zitten. Hoewel hij zich bezorgd had afgevraagd hoe Claire hem zou ontvangen, dit had hij niet verwacht!

Ze was zonder meer vertrokken. Zou ze zich hebben gerealiseerd dat hij geen onderdak had? Hij kwam uit de gevangenis en stond op straat met enkel wat persoonlijke spullen en een huurauto. Hij had geen adres. Hoe kon hij bij de krant aankloppen, als een zwerver zonder vaste woon- of verblijfplaats? De enige optie was dat hij in een hotel zou logeren. Hij zou geld moeten opnemen. Gelukkig hadden ze een aparte rekening gehad, anders zou hij zijn geld misschien ook nog kwijt zijn geweest.

Hij keerde de auto en reed naar de bank. Hij had deze

auto slechts voor enkele dagen gehuurd. Hij was ervan uitgegaan dat zijn eigen auto thuis op hem wachtte, maar die had ze natuurlijk meegenomen. Hij moest achter haar adres zien te komen.

Op de bank bleek zijn rekening gelukkig intact. Hij nam een flink bedrag op, in de wetenschap dat hij hier geen gewoonte van moest maken. Hij kon nog wel een tijdje vooruit, maar hij zou toch werk moeten vinden. Hij besloot eerst Hassan op te zoeken. Hij woonde in hetzelfde appartementencomplex als hij en Claire, maar dan met zijn vrouw en drie kinderen.

Hoe haalde Claire het in haar hoofd om bij hem zijn spullen onder te brengen? Die mensen hadden geen meter ruimte over. Hij was blij Hassan thuis te treffen. Zijn vrouw was uiterst verlegen in het bijzijn van mannen. Hassan was verheugd hem te zien en dat deed Cedric goed. Er was niemand die hem de laatste dagen nog vriendelijk had begroet. Erger nog: er was niemand om hem te begroeten.

„Kom binnen, kom binnen!" noodde Hassan. „Je bent vrij. Dat is goed, dat is heel goed." Hij ging hem voor naar de kamer, waar Hassans vrouw hem vriendelijk groette en toen naar de keuken verdween, waarschijnlijk om iets te eten te maken.

„Ik was zojuist in mijn huis …," begon Cedric.

„Ach ja," viel Hassan in. „Je vrouw … ze is weg. Het is geen goede vrouw, Cedric. Jouw kleren zijn hier, andere spullen, zoals je bureau en je boeken, staan op de zolder van de garage van mijn broer. Wil je ze nu hebben?"

„Waar zou ik ze moeten laten? Ik heb geen huis meer. Ik ben dakloos."

„Je kunt hier slapen," zei de ander zonder aarzelen.

„Nee, nee, ik weet hoe krap je woont. Ik zal in een hotel gaan."

„Je moet eerst eten," zei Hassan beslist. „En dan je auto halen. Je kunt dan wat kleren meenemen."

„Mijn auto? Is die hier gebleven?"

„Ik heb haar verboden die mee te nemen. De auto is jouw eigendom. Zij had een nieuwe vriend, met een auto. Moet ze soms twee auto's hebben?" Hij haalde zijn schouders op.

„Bedankt dat je dit allemaal voor me hebt gedaan." Cedric merkte dat hij moeite had zijn emoties de baas te blijven. Hij wilde niet zielig overkomen, maar hoe lang was het geleden dat iemand iets voor hem had gedaan, gewoon uit vriendschap? Hij bleef nog een tijdje bij de Marokkaanse familie. Hassan was het volkomen met hem eens: de echte dader van de aanval op Claires moeder moest gevonden worden. Cedric vertelde dat hij zeker weer zou teruggaan naar het kustplaatsje. „Ik wil proberen daar met de mensen in gesprek te komen."

„Ga je terug naar de krant?" vroeg Hassan.

„Als ze mij daar nog willen hebben."

„Je was een goede journalist."

Dat mocht dan zo zijn, hij was wel een journalist die verdacht was geweest van een misdaad. Samen met Hassan haalde hij zijn auto leeg. Hij gooide zo veel mogelijk kleren in de kofferbak. De auto was het enige dat echt van hem was. Hassan beloofde de huurauto terug te brengen naar de garage.

Cedric dacht erover de man voor zijn diensten te betalen, maar hij wist wel zeker dat Hassan het geld zou weigeren. Hij wilde hem zeker niet beledigen.

Wat later schreef hij zich in bij een eenvoudig hotel. Hij bracht de meeste kleren naar zijn kamer. In een schrijfmap vond hij een telefoonboekje. Dat had Claire blijkbaar over het hoofd gezien. Hij bladerde erin op zoek naar iemand die hij om raad kon vragen, maar het waren meest mensen die Claire kende. Vriendinnen van haar. Er zou vast wel iemand tussen zitten die wist waar ze nu woonde. Maar wat schoot hij ermee op? Wilde hij haar opzoeken en de huid vol schelden? Als hij aan haar dacht voelde hij eerder woede dan verdriet. Toch hadden ze het altijd goed gehad, samen. Of was hij misschien erg snel tevreden?

Claire had hem, met haar aanhalige gedrag, om haar vinger gewonden. Maar ze was oppervlakkig en dat was hem de laatste tijd steeds meer gaan storen. Misschien zou hij snel genoeg over het verlies van Claire heen zijn, maar niet over de manier waarop ze hem had behandeld.

Hij zocht wat kleren uit die hij de volgende dag wilde dragen. Hij had besloten naar zijn vroegere baan te solliciteren. Hij zou niet eerst bellen. Het was te gemakkelijk om iemand door de telefoon af te poeieren. Hij had altijd goed overweg gekund met de hoofdredacteur en hij wilde diens gezicht zien als hij ineens voor zijn neus stond.

De volgende morgen ging hij met de auto naar zijn vroegere kantoor. Cedric wist dat hij er keurig uitzag. Hoewel hij altijd jeans had gedragen, had het hem beter geleken zich nu als een heer te kleden. Hij liep naar binnen zoals hij altijd had gedaan.

Hij kondigde zijn bezoek niet aan, maar knikte kort naar de receptioniste, wier mond openviel. Hij tikte op de deur van de directiekamer en liep naar binnen zonder antwoord af te wachten.

Alex schoot overeind uit zijn stoel. „Ik bel je zo terug," zei hij en hij legde de telefoon neer.

Het zal anders wel even duren, dacht Cedric.

„Wel, wel, jou had ik niet verwacht. Je bent dus vrij, of is het voorwaardelijk?"

„Ze zijn er inmiddels achter dat ik onschuldig ben," antwoordde Cedric kalm. „Ik kom hier om te vragen of we verder kunnen waar we zijn gebleven."

„Dat lijkt me niet zo eenvoudig. Ga even zitten."

„Heb je dan al iemand anders gevonden?" Cedric besloot dat de directe aanpak de beste was.

„Dat niet direct. Ik moet toegeven dat het niet gemakkelijk is een vervanger voor jou te vinden. Maar we kunnen niet gewoon doen of er niets gebeurd is."

„Maar er is niets gebeurd, Alex. Behalve dan dat ik Claires moeder vond, even nadat ze was neergestoken. We weten niet wie dit op zijn geweten heeft. Maar reken erop dat ik erachter zal komen."

„Hoe wil je dat gaan doen? Een oproep in de krant met de vraag of de dader zich meldt? Daar leen ik onze krant niet voor."

„Ik zou om te beginnen graag een stuk schrijven over het leven in de gevangenis. Buiten die muren weet men daar weinig van af."

Alex gaf niet direct antwoord, maar Cedric kende hem goed genoeg om te weten dat hij geïnteresseerd was.

„Goed, probeer het maar," zei de hoofdredacteur dan. „Ik weet dat je boeiend kunt schrijven. Maar hiermee ben je nog niet opnieuw in dienst."

„Freelance," bedong Cedric.

De ander grinnikte. „We hebben altijd prettig gewerkt. Hoe is het met Claire? Hoe heeft zij deze tijd doorstaan?"

„Ze is ervandoor en heeft ons appartement verhuurd."

„Lieve help, wat een radicale beslissing! Waar woon jij nu?"

„Ik zit op het moment in een hotel, maar ik wil proberen woonruimte te vinden in Erquy of in het dorp waar Claires moeder woonde. Als ik daar ben, heb ik mogelijk een kans dat ik te weten kom wie de overval heeft gepleegd en wie mij daarvoor heeft laten opdraaien. Het gebeurde aan het eind van de dag, maar het was nog niet helemaal donker. Iemand moet toch iets hebben gezien."

„Dan zou dat toch allang bekend zijn geworden? Ik

neem aan dat de politie ook onderzoek heeft gedaan."
„Niet echt. Ze dachten immers dat ze de dader te pakken hadden," zei Cedric bitter. „Hoewel er toen al geen enkel bewijs was."
„Behalve dan dat je op de plaats delict was. En dat je Claires moeder niet echt een warm hart toedroeg."
„Verdenk jij mij ook?" Cedric stond op. „Dan kan ik hier niet werken."
„Hoho, niet zo heetgebakerd. Ik heb het nooit echt geloofd, maar alles pleitte wel tegen je. Laten we het eerst eens over je plannen hebben. Wat denk je van een vervolgverhaal? Een aantal weken in de zaterdagbijlage."
Cedric knikte. „Over een aantal dagen lever ik de kopij."
„Prima. En mocht je oog iets zien en je oor iets horen dat interessant is, laat het mij dan weten."
Cedric knikte. Dit laatste was een vaste uitspraak tussen hen. Dat betekende dat hij weer geaccepteerd werd. Eenmaal buiten bedacht hij dat hij in ieder geval niet ontslagen was. Hij had dan weliswaar geen vast contract gekregen, maar als hij goed werk leverde zou dat vast niet lang meer duren. Het was echter van het grootste belang dat de echte dader werd gevonden.
Hij besloot dat hij een aantal uren zou gaan schrijven, en daarna terug zou rijden naar het dorp waar alle narigheid was begonnen. Waar Claires moeder had gewoond en aan haar eind was gekomen. De dader had niet alleen een einde gemaakt aan het leven van mevrouw Becourt, maar van zijn leven eveneens een puinhoop gemaakt. Hij had geen huis meer en zijn vriendin was verdwenen. Bovendien had hij vijf lange maanden opgesloten gezeten. Cedric haalde diep adem en liep met lange passen naar zijn auto. Er was genoeg woede in hem om serieus op onderzoek te gaan. Hij zou pas werkelijk vrij zijn als de echte dader was gevonden.

HOOFDSTUK 4

Agneta had besloten om morgen terug te gaan naar Nederland, maar niet voorgoed. Ze zou zeker terugkomen. Ze wist wat ze weten wilde en was bij de notaris geweest. Het huis stond op haar naam en was in het geheel vrij van hypotheek. Inge had haar verteld dat tante Agnes indertijd een groot deel van haar huisje had betaald. Daardoor voelde Agneta zich minder schuldig tegenover Inge.

Haar diploma was hier geldig, als ze het liet vertalen door een erkend vertaler. Wilde ze een praktijk beginnen, dan zou ze een vergunning moeten aanvragen en de verzekering inlichten. Dat zou allemaal tijd en geld kosten. Het was waarschijnlijk het beste om eerst werk in een ziekenhuis of revalidatiecentrum te zoeken.

Toch was ze niet helemaal zeker van haar zaak. Aan de ene kant trok deze uitdaging haar enorm aan, maar ze betwijfelde of ze aan de eenzaamheid zou kunnen wennen. In de nacht hoorde ze soms geluiden die ze niet kon thuisbrengen. Nino was nog een keer langs geweest en had beweerd dat er ratten op zolder zaten. Hij had nog aangeboden om op onderzoek uit te gaan, maar alleen al het idee dat de beesten naar beneden zouden komen en in de keuken terecht zouden komen, deed haar dat aanbod griezelend afwijzen.

Nu, de dag voor haar vertrek, besloot ze in het dorp wat te gaan eten. Het dorp telde slechts één klein restaurant en een crêperie. Als ze meer keus wilde hebben, moest ze naar Erquy, tien kilometer verderop. Dat was een echt badplaatsje. Maar als ze hier zou gaan wonen, zou ze zich hier moeten laten zien. Sommige gezichten kwamen haar al bekend voor. En Inge was er ook, natuurlijk. Met haar kon ze over tante Agnes praten. Ze had haar gevraagd of het haar niet raakte dat Agnes nooit over haar had verteld, maar Inge had haar hoofd geschud. „Ik wist hoe moeilijk het lag. Onze ouders wisten het, maar zij wilden er nooit over praten. Je vader en moeder waren op de hoogte. Agnes vond dat het aan hen was om jou in te lichten. Daarnaast wilden we het niet als iets opzienbarends brengen. Ze ging ervan uit dat jij, eenmaal volwassen, er zelf wel achter zou komen. Ze was bovendien bang je te verliezen. Ze hield veel van je."

„Om zoiets zou ze mij nooit verliezen," had Agneta gezegd. Ze had er achteraf spijt van dat ze haar tante zo weinig had opgezocht.

„We hadden ook weleens een conflict," had Inge er nog aan toegevoegd.

Agneta had haar schouders opgehaald. „Is dat niet in alle relaties zo?"

Nu, terwijl ze in de crêperie op haar bestelling zat te wachten, dacht ze aan haar vader. In zijn relatie zouden de conflicten ook niet uitblijven. Katja was van een heel andere generatie dan hij.

„Neemt u mij niet kwalijk, maar woont u hier of bent u op doorreis?" Agneta keek op, recht in de ogen van een lange, donkere man.

Ze trok verbaasd haar wenkbrauwen op en zei: „Geen van beide." Was dit de nieuwste manier om contact te leggen, vroeg ze zich af.

„U denkt natuurlijk: wat wil hij van me." Zijn glimlach was vriendelijk, maar onpersoonlijk.

„Ik ben journalist. Ik maak een reportage over mensen die in kleine plaatsen wonen en concentreer me daarbij op mensen die wat afgelegen wonen. Ik vroeg me af of ik daarover wat vragen mag stellen. Als u op doorreis bent, kunt u mij niet veel vertellen. Maar als u hier sinds kort woont, dan …"

„Ik logeer hier," onderbrak Agneta hem. „En ik vind uw verhaal nogal ongeloofwaardig."

„Wat vervelend nu. Dan is mijn manier van benaderen

dus verkeerd. Als anderen net zo reageren als u zal ik niet veel verder komen." Ongevraagd ging hij zitten. „Volgens mij bent u geen Française. Daarvoor is uw Frans te slecht."

De ober bracht haar bestelling en tot haar ergernis bestelde de man hetzelfde.

„Er zijn nog genoeg tafeltjes vrij," zei ze pinnig.

Hij bleef haar aankijken, terwijl hij zei: „Volgens mij denkt u dat ik u wil versieren, maar dat is echt mijn bedoeling niet. Ik ben werkelijk journalist." Hij haalde een kaartje uit zijn portefeuille en ze las de naam, Cedric Mitchell. Daaronder stond de naam van de krant waarvoor hij werkte.

„Daarom vraag ik of u mij iets kunt vertellen over het leven hier. Gebeurt er weleens iets in zo'n kleine gemeenschap?"

„Een halfjaar geleden is er nog iemand vermoord," zei ze, met de bedoeling om te shockeren.

„Hoe weet u dat? U zegt net dat u hier niet woont."

Ze keek hem nu recht aan. „Misschien ben ik de dader wel," zei ze, waarop ze het dienblad pakte en alles meenam naar een andere tafel. Hij bleef zitten en begon even later ook aan zijn crêpes.

Wat een opdringerige kerel, dacht Agneta. Maar een knappe vent was hij wel. En het feit dat hij zo stellig had gezegd dat hij haar absoluut niet wilde versieren, had haar toch even gestoken. Maar goed, misschien was het allemaal waar wat hij zei en was hij gewoon iemand die zijn werk deed. Dan had ze wel een beetje bot gereageerd. Toch, hij was zelf ook niet bepaald subtiel te werk gegaan door te zeggen dat haar Frans slecht was. De man ging eerder weg dan zij en keek haar richting niet meer uit. Agneta zette het incident van zich af en genoot van haar crêpes. Ze dacht na over haar verdere plannen. Wilde ze echt weg uit Nederland? Er was daar weinig wat ze achterliet. Als ze zich voorheen zorgen had gemaakt om haar vader, dan was dat nu niet meer nodig. Maar om alle schepen achter zich te verbranden was wel radicaal. Het leek haar vrij onwaarschijnlijk dat ze onbetaald verlof zou kunnen krijgen. Ze zou haar appartement bijvoorbeeld voor een jaar kunnen verhuren.

Na die tijd zou ze wel weten of dit echt was wat ze wilde. Of ze écht in een kleine Frans dorp aan de kust wilde wonen. Ze had dan alle seizoenen meegemaakt. Ze zou wel flink aan haar Frans moeten werken. Het was natuurlijk niet leuk om te horen wat die vent had gezegd, maar hij had wel gelijk.

Na enige tijd rekende ze af en liep naar haar auto. De man uit het restaurant stond tegen het portier geleund. Even overviel haar een ongemakkelijk gevoel. Wat wilde die kerel? Dan stapte ze op hem af en vroeg ze hem in vlot Engels wat hij daar deed en wat hij van haar wilde.

In Engels was ze namelijk wel erg goed. De man antwoordde haar in even rap Engels dat hij alleen wat rondkeek. Dat hij woonruimte zocht, het liefst wat afgelegen, omdat hij rust nodig had om te schrijven.

„Ik blijf dit alles een vreemd verhaal vinden," mompelde Agneta nu in het Nederlands.

„De wereld zit vreemd in elkaar," antwoordde de man nu in haar eigen taal. Ze staarden elkaar aan en begonnen toen beiden te lachen. De man haalde opgelucht adem. „Ik ben blij dat je wat minder vijandig lijkt. Ik ben namelijk voor honderd procent betrouwbaar."

„Toch is dit een vreemde manier om mensen te benaderen," hield Agneta vol, terwijl ze het portier opende.

„Cedric Mitchell," zei hij, zijn hand uitstekend.

„Agneta van Doorn."

„Zouden wij even kunnen praten?" vroeg hij tot haar verbazing.

De achterdocht stak opnieuw de kop op. „Wat zouden

wij te bepraten kunnen hebben," vroeg ze zich hardop af. Ze stapte in en zonder te vragen deed hij hetzelfde. „Sorry, maar ik zie daar iemand die mij misschien kent. En dat moet ik niet hebben. Wil je alsjeblieft wegrijden."

Agneta deed wat hij vroeg en reed zwijgend tot ze op de stille weg naar tante Agnes' huis kwamen.

Ze remde af, stopte in de berm en keek hem aan. „Wie of wat ben je? Een ontsnapte crimineel?" vroeg ze scherp.

„Geen sprake van. Ik zou nooit iemand kwaad doen." Hij klonk plotseling ernstig.

„Wat wil je dan van me?" vroeg ze opnieuw.

„Ik hoorde dat er een mooie jonge vrouw in het huis op de rots is komen wonen. 'Paradis Terrestre', is het niet? Dat verbaast je, maar na verloop van tijd zul je er wel aan wennen dat de mensen hier alles van elkaar schijnen te weten. Dit is een dorp en er gebeurt niet zoveel. En als er eens iets voorvalt, wordt dat breed uitgemeten. Ik hoorde dit van een makelaar in Erquy, toen ik informeerde of er in dit dorp iets te huur was."

„Maar het huis is niet te huur," zei ze. „Ik ga daar over een tijdje wonen."

„Zou je dan geen bescherming kunnen gebruiken?"

„Toch niet van iemand die ik niet ken?"

De man zuchtte en greep de deurknop. Wilde hij uitstappen? Ineens wilde Agneta meer van hem weten. Hij gaf haar lang niet zo'n onbehagelijk gevoel als Nino.

„Ik pak dit helemaal verkeerd aan," mompelde hij nu in het Frans.

„Dat is wel zeker," antwoordde ze koel. „Het zou niet bepaald op gezond verstand wijzen als ik een kamer ging verhuren aan iemand waar ik alleen de naam van ken. Het huis ligt afgelegen. Je zou me om zeep kunnen helpen zonder dat er een haan naar kraait."

Hij keek haar even aan en het leek of hij door iets was

geraakt. Het was natuurlijk ook nogal cru om zoiets te zeggen.

„Luister, ik stap nu uit. Ik zou niet willen dat je bang voor mij bent."

„Het zou ook niet mogelijk zijn. Morgen vertrek ik weer naar Nederland. Maar ik kom weer terug. Misschien kunnen we er dan nog eens over praten," zei ze aarzelend. Ze wilde deze man niet uit het oog verliezen, hoe vreemd het ook klonk.

„We zullen zien," zei hij, waarna hij uitstapte en de weg afliep zonder om te kijken. Agneta keek hem even na en startte toen haar auto. Wat een vreemde ontmoeting! Ze had er geen vrede mee dat ze hem eigenlijk had weggestuurd. Vrouwen die het avontuur zochten hadden hem vast uitgenodigd. Hij was een knappe man en hij leek om gezelschap en woonruimte verlegen te zitten.

Ze had er serieus over gedacht enkele kamers te verhuren. Kon ze een eventuele huurder naar zijn achtergrond vragen? Feitelijk vroeg ze dan of ze wel te vertrouwen waren. Ze was bang gemaakt door mensen die hadden gezegd: 'Wat moet je in zo'n eenzaam gelegen huis als vrouw alleen?' Ze kon zelf wel bedenken wat er kon gebeuren.

Dat er hier een halfjaar geleden iemand was neergestoken, wilde nog niet zeggen dat dit regelmatig zou gaan gebeuren. Dit was zo'n vredig dorpje. Cedric Mitchell! Hij had er zeker betrouwbaar uitgezien. En ook een beetje zorgelijk. Misschien zwierf hij nu wel op straat.

O nee, nu werd het te gek. Haar fantasie ging met haar op de loop. De man had er keurig uitgezien; zeker niet als een zwerver. Als hij hier werkelijk wilde wonen kwam hij er nog weleens op terug. En zij kwam ook terug, dat wist ze ineens heel zeker.

Cedric was intussen terug in het dorp, waar zijn auto nog steeds stond. Hij reed terug naar het hotel en boekte daar een paar weken bij. Hij kon zijn computer op de kamer instellen en hij zou gewoon zijn werk kunnen doen. Om de paar dagen reed hij naar Dinan om kopij in te leveren. Hij zou niet alleen over zijn leven in de gevangenis schrijven. Hij had een graag gelezen column gehad en hij had reportages gemaakt waar men over praatte. Hij zou dat allemaal weer kunnen oppakken. Ze hadden hem ook een keer gevraagd voor een tv-reportage. Het was een indrukwekkende documentaire geworden over de gevolgen van een aardbeving in Japan. Maar toen was ineens alles stilgelegd en zat hij vast tussen vier muren. En hij zou erachter komen wie daarvoor verantwoordelijk was.

Eenmaal op zijn kamer installeerde hij zich wat meer naar zijn smaak. Hij hing wat kleren in de kast, zette een aantal boeken neer. Veel was het niet. Zijn meeste bezittingen lagen op de zolder van de garage van Hassans broer. Hij fronste toen hij aan Claire dacht. Zij had hem dus zonder meer op straat gezet. Het was toch niet te geloven, ze waren vijf jaar samen waarvan ze er drie hadden samengewoond. Maar de sjeu was er wel een beetje af geweest, dat had hij de laatste tijd ook weleens gedacht. En hij had het niet kunnen opbrengen om te proberen hun relatie nieuw leven in te blazen. Als Claire werkelijk twijfelde of hij de hand had gehad in de dood van haar moeder, dan was het niet vreemd dat ze hem niet meer wilde zien. Maar dan was hij ook klaar met haar. Was het boek dan gesloten?

Nee! Hij wilde weten wie de dader was en daarna met Claire praten. Hij ijsbeerde door de kamer. Hij was heus wel gewend in z'n eentje te werken, maar een hotelkamer was nu niet direct een ideale omgeving. Hij had werkelijk gehoopt dat hij een kamer kon huren in het huis op de rots. Het leek hem dat hij daar rustig zou kunnen werken. Maar die Agneta had zeer afwijzend gereageerd. Ze had zijn directe aanpak niet kunnen waarderen, zoveel was duidelijk. Hij was ook niet erg subtiel te werk gegaan, maar zij was ook niet op haar mondje gevallen met haar opmerking dat zij misschien wel de dader was.

Maar hij wist nu wel dat er nog steeds over de overval werd gepraat. Hoe kon Agneta, die hier nog maar kort logeerde, er anders van afweten? Het was een leuke jonge vrouw, dacht hij waarderend, met haar pittige blonde kopje en sprekende, grijze ogen. Stel je voor dat hij haar in vertrouwen nam, dat ze hem zou kunnen helpen bij zijn onderzoek. Ach, hij moest zich niets in zijn hoofd halen. Ze had duidelijk laten merken dat ze niet van zijn praatjes gediend was. Ze had echter ook gezegd dat ze terug zou komen. Maar dat was dan ook het enige lichtpuntje dat hij zag op de lange, moeizame weg die voor hem lag.

Toen Agneta de volgende ochtend wegreed, had ze er moeite mee om de omgeving achter zich te laten. En ook het huis was haar al een beetje vertrouwd geworden. Het was tenslotte ook haar eigen huis. Ze had Inge gevraagd of ze af en toe eens poolshoogte wilde gaan nemen. Nino was nog één keer langs geweest. Toen ze hem de sleutel terugvroeg, had hij geweigerd die te geven. „Ik heb deze sleutel van Agnes gekregen. Zij vond het een veilig idee dat ik altijd naar binnen kon, voor als haar bijvoorbeeld iets zou overkomen."

„Ze was nooit ziek," weerlegde Agneta.

„Nee, maar dat wil niet zeggen dat je daar garantie op hebt. Ze werd een dagje ouder."

Agneta kon zich van haar tante niet voorstellen dat ze zich zorgen maakte om haar gezondheid.

„Je hoeft nu op niemand meer te passen," had ze kortaf gezegd.

Hij was schouderophalend weggelopen, maar ze had de sleutel niet gekregen. En het was nu te laat om het slot te laten veranderen. Dat was het eerste wat haar te doen stond als ze weer terug was.

Het was al donker toen ze thuiskwam. Het was november en de dagen werden steeds korter. Het was toch zeker geen goede tijd om naar een huis aan het strand te verhuizen, dacht ze.

Dergelijke opmerkingen zou ze zeker krijgen en ze kon maar beter een duidelijk antwoord geven. Zeker niet aarzelend, alsof ze zelf niet goed wist wat ze doen moest.

„Ik ga in elk geval terug," zei ze toen ze de volgende morgen haar vader belde.

„Ik wil daar nog weleens met je over praten. Is het goed als ik vanavond kom?"

„Jij alleen?" vroeg Agneta.

„Katja vindt het niet prettig om alleen te zitten."

„O pa," zuchtte ze. „Ik heb je van alles te vertellen. Het waren je eigen woorden: wat weet Katja nu van tante Agnes. Ik wil zaken met je bespreken, maar zonder haar."

„Ik zal het proberen te regelen," zuchtte haar vader en verbrak de verbinding. Proberen, dacht Agneta. Wat was dat voor onzin? Zat hij nu al onder de plak?

Ze maakte die avond de kamer gezellig en stak de open haard aan. Ze had gebak gehaald en geaarzeld tussen twee of drie punten. Ze had besloten niet kinderachtig te doen, maar één gebakje kreeg een plaatsje in de koelkast.

Terwijl ze zat te wachten, keek ze kritisch haar kamer rond. Als ze alle spullen waar ze aan gehecht was liet overbrengen naar 'Paradis Terrestre', dan zou het pas echt haar thuis worden. Een open haard was er al.

Toen er werd gebeld bleef ze even luisteren of ze ook stemmen hoorde. Ze hoopte zo dat haar vader alleen was. De opluchting was van haar gezicht af te lezen toen dat werkelijk zo bleek te zijn. Ze omhelsde hem en hij hield haar even vast.

„Ik was al bang dat je daar zou blijven," zei hij zacht. Agneta zei niets. Ze was het laatste jaar heel vaak bij hem geweest. Hij moest toch begrijpen dat die deur door de komst van Katja was dichtgegooid?

Haar vader ging zitten en strekte zijn benen naar de open haard. „Koffie?" vroeg ze.

Hij knikte, keek de kamer rond of hij deze voor het eerst zag. „Wat heb je het toch leuk voor elkaar," zei hij toen ze met de koffie binnenkwam. Ze glimlachte. Was dat de eerste subtiele poging om haar hier te houden?

„Het is een mooi appartement," gaf ze toe. „Ik zal het gemakkelijk kunnen verhuren."

„Je gaat dus weg," trok hij onmiddellijk zijn conclusie.

„In elk geval voor een jaar." Ze vertelde daarop dat ze misschien werk kon krijgen in een revalidatiecentrum.

„En wat is daar beter dan hier?" vroeg haar vader narrig.

„Ik weet niet of het beter is. Het is anders. Een uitdaging. Ik denk dat tante Agnes het fijn zou vinden als ze wist dat ik in haar huis woonde. De omgeving is prachtig, dat weet jij ook. En als het niet bevalt kan ik altijd terugkomen. Dit appartement blijft voorlopig van mij."

Haar vader zuchtte. „Zo te horen staat je besluit al vast. Ik zal je missen, Agneta."

„Maar je bent nu niet meer alleen," zei ze.

„Dat is ook maar voor zolang het duurt."

Agneta ging er niet op in. Vertoonde deze relatie nu al barstjes? Het had weinig zin haar vader erop te wijzen dat hij beter had kunnen wachten tot er een vrouw van zijn eigen leeftijd op zijn pad was gekomen. Daar was hij zelf vast ook al achter.

„Ik kom je wel opzoeken," zei hij.

„Natuurlijk. Je bent van harte welkom."

„Ook als ik niet alleen kom?" daagde hij haar uit.

„Ik zal haar heus niet buiten laten staan," zei ze niet helemaal overtuigend.

„Je had me van alles te vertellen," herinnerde haar vader haar nu.

„Ja, dat is zo. Ik heb daar allerlei mensen ontmoet. Ik ben bij de notaris geweest. Ik ben binnengelopen bij een revalidatiecentrum in Dinan. Ze waren niet direct afwijzend, maar ik moet natuurlijk wel mijn diploma's overleggen, evenals mijn cv. Ik zou een brief moeten meebrengen uit het revalidatiecentrum waar ik nu werk. Een soort aanbeveling. En voor een werkvergunning moet ik naar de gemeente daar. Maar ik hoef niet onmiddellijk aan de slag. Ik heb wat geld van tante Agnes."

„Ja, dat heb ik begrepen. Maar hoe zit het dan met die vriendin van Agnes, Inge?"

„Je weet toch waarom ze uit Nederland zijn vertrokken, pa?"

Haar vader dronk van zijn koffie en antwoordde niet direct. „Pa?" drong ze aan.

„Agnes was altijd al een vrijbuiter. En toen met Inge was ze helemaal een buitenbeentje. Maar wij hebben haar niet afgewezen, hoewel ik moet toegeven dat ik het moeilijk vond hen samen zo verliefd te zien. Maar Agnes ging niet weg om ons. Ze had het gevoel dat ze niet echt vrij was. Het is nu veel meer geaccepteerd. Dat ze juist zo'n afgelegen huis koos had hier natuurlijk mee te maken. Midden in een Frans dorp had ze dezelfde problemen gehad."

„Inge woonde al niet meer bij haar," zei Agneta nu.

„Tante Agnes kocht een huisje voor haar in het dorp."

„Ach, was die relatie toch stukgelopen?"

„Ze gingen nog altijd met elkaar om."

Haar vader knikte langzaam. „De enkele keer dat Agnes ons opzocht kwam ze altijd alleen. Maar ik wilde er niet naar vragen."

„Inge werd dus eigenlijk doodgezwegen," zei Agneta beschuldigend.

„Niet door je moeder, dat weet ik zeker. Maar ik vond het moeilijk ermee om te gaan."

Agneta ging er niet verder op in. Het was beter dit maar te laten rusten.

„Overigens was Inge een aardige vrouw," voegde haar vader er nog aan toe.

Agneta glimlachte. „Dat is ze nog. Dat is al die jaren niet veranderd."

„Misschien is het wel goed dat je met haar over Agnes kunt praten," vond haar vader. „In sommige opzichten was zij voor ons een gesloten boek."

Agneta wilde niet zeggen dat het niet vreemd was dat Agnes bepaalde onderwerpen uit de weg ging. „Ik ontmoette daar een jongen," zei ze dan.

Haar vader zette zijn kopje neer en keek haar vragend aan. „En?"

Agneta lachte even. „Het is niet wat je denkt, pa. Hij eh … het schijnt dat hij veel bij tante Agnes kwam. Ik mag hem niet zo. Ik vind hem nogal opdringerig."

„Agnes' vrienden hoeven niet de jouwe te zijn," meende haar vader.

„Hij zegt dat hij als een zoon voor haar was."

Bert trok de wenkbrauwen op. „Ik heb nooit iets over een jongen gehoord. Maar ik zei je al, Agnes vertelde niet zoveel over haar leven daar. Kan hij vervelend worden, denk je?"

Agneta ontkende dat en zei dat hij al wel gemerkt had dat zij liever geen contact wilde. Ze zei er echter niet bij dat ze niet wist hoe ze van hem af moest komen. Het had geen zin om haar vader ongerust te maken. Even dacht ze eraan ook over die andere man te vertellen. Cedric! Degene die een kamer bij haar wilde huren. Maar ze besloot dit voor zich te houden. Misschien zag ze die man nooit meer terug.

„Ik ga hier dus alles regelen, zodat ik over ongeveer een maand kan vertrekken," zei ze.

„Dan al?" schrok haar vader. „Je viert de kerstdagen toch wel hier?" Hij zuchtte.

„Als je dat liever wilt, kan ik wel tot januari wachten," gaf ze toe. „Eén januari; een nieuw jaar, een nieuw begin. Ik dacht alleen ... Nu jij Katja hebt ..."

„Zij wil dit jaar uitgaan met Kerst. Uit eten gaan of vrienden te eten vragen. Maar ik kan en wil dat niet."

„Dat snap ik, pa. Maar Katja rouwt niet om mamma en zij is nog jong."

„Je hoeft het niet voor haar op te nemen. Ze komt heus wel aan haar trekken," klonk het bitter.

Agneta ging er niet verder op in. Het zag ernaar uit dat haar vader binnen korte tijd weer alleen zou zijn. Misschien wilde hij enige tijd naar Frankrijk komen. Toen ze het voorstelde, schudde Bert echter het hoofd.

„Misschien ooit. Ik kan het gemis van Ellen toch niet ontvluchten. Maar jij ... Is het niet verstandiger tot het voorjaar te wachten? Dan is alles wat levendiger daar. Zo'n eenzaam huis en dan in de winter, waar begin je aan? Het is zo vroeg donker, op sommige dagen lijkt het nauwelijks licht te worden."

„Dat heb ik me heus wel gerealiseerd. Het is nu eenmaal niet altijd zomer. Dan is dit gelijk een vuurproef."

Bert knikte nu. „Je bent volwassen. Je zult wel weten wat je doet."

Agneta schonk zijn kopje nog eens vol. Haar vader was het niet echt met haar plannen eens, zoveel was wel duidelijk. Maar het leek erop dat hoe meer mensen dit haar afraadden, hoe liever ze wilde vertrekken. Ook op haar werk hadden collega's verbaasd en soms zelfs negatief gereageerd.

„Misschien kom ik wel met hangende pootjes terug. Maar dan heb ik het in elk geval geprobeerd," had ze keer op keer gezegd.

Haar vader stond op om te vertrekken en legde een hand op haar schouder. „Je kunt altijd bij mij terecht. Weet dat jij belangrijker bent dan Katja."

„Zeg dat maar niet tegen haar."

„Dat weet ze," antwoordde hij kalm.

De opmerking stelde Agneta enigszins gerust. Haar vader werd niet helemaal in beslag genomen door deze jonge, blonde vrouw. Ze vroeg zich af hoe Katja had gereageerd toen hij haar zei dat ze niet op de eerste plaats kwam. In elk geval schroomde haar vader niet bepaalde dingen tegen haar te zeggen, ook al zou ze daar negatief op kunnen reageren. Waar ze eerst bang voor was geweest, was dus waarschijnlijk niet waar. Katja kreeg niet in alles haar zin.

Ze voelde de blik van haar vader. „Sta je je af te vragen of ik misschien onder de plak zit?" spotte hij.

„Ik heb dat eerst wel gedacht," gaf ze toe.

„Kom nou toch, Agneta. Een feit is: ik ga niet overal met haar over in discussie. Soms krijgt ze haar zin, omdat ik nu eenmaal ouder en naar ik hoop wijzer ben. En omdat ik conflicten verafschuw."

Ze namen afscheid en Agneta keek hem even na. Was dat laatste ook niet de reden dat er nooit echt over Agnes en Inge was gepraat? Je moet geen conflicten oproepen, was een uitdrukking die haar vader geregeld gebruikte.

Ze sloot de deur en begon de kamer wat op te ruimen. Zoals zo vaak dacht ze aan het huis in Normandië. Het was net of dit haar huis al niet meer was. Bij nader inzien had ze besloten haar appartement gemeubileerd te verhuren. Enkele stukken, zoals een aquarel, haar mooie spiegel en een aantal boeken, nam ze mee. Maar de grotere meubels bleven hier. Tante Agnes had alles heel sfeervol en modern ingericht. Ze moest eerst maar eens zien of ze daar echt voor langere tijd wilde wonen.

HOOFDSTUK 5

Een week of zes later, begin januari, vertrok Agneta. Het was op een maandag en haar auto was helemaal volgeladen. Op het laatste moment moest ze het boeket bloemen dat ze van haar collega's had gekregen en een orchidee in een glas van haar vader, nog een plaats zien te geven. De avond ervoor had ze afscheid van haar vader genomen en Katja had zich nog eens hardop afgevraagd wat haar toch bezielde. „Je hebt een fijne baan en een mooi appartement, en dat zeg je op voor een afgelegen huis. Is er eigenlijk wel elektrisch licht?"

„Ik ga niet naar de binnenlanden van Afrika," had Agneta kort geantwoord. Ze zou er wat van maken, besloot ze in de auto. Het zou raar moeten gaan, wilde ze terugkeren omdat ze het alleen-zijn niet aankon. Wie weet kwam die man, Cedric, wel terug voor een kamer. Dan zou ze er met hem over praten, had ze inmiddels besloten.

De reis verliep vlot, maar toch was het al donker toen ze aankwam. Het waaide hard en ze hoorde de zee op de rotsen slaan. Ze had het smalle pad genomen, zodat ze het laatste stuk moest lopen. Ze nam mee wat ze kon dragen. De wind rukte aan haar kleren, meeuwen schreeuwden naargeestig. Even later zag ze de massieve omtrek van het huis. Dit huis had al heel wat stormen doorstaan, dacht ze. Ze zocht naar de sleutel en zag tot haar verbazing dat de deur op een kier stond. Nee hè, niet weer die Nino! Maar wie anders? Inge, dacht ze hoopvol. Die had immers ook een sleutel.

Ze duwde voorzichtig tegen de deur en knipte het licht in de gang aan. Ze liet de massieve deur achter zich op een kier staan. Zoals iemand een vluchtweg open laat, schoot het door haar heen. Dan opende ze de deur naar de kamer en drukte ook daar direct weer op het lichtknopje. Ze meende iets te horen, alsof er iemand ademde. „Is daar iemand," vroeg ze zo flink mogelijk. Toen hoorde ze gekreun en ineens zag ze haar. Daar, op de bank, zat Inge, half onder een plaid. Ze keek Agneta met grote, boze ogen aan. Agneta was in één stap bij haar. „Wat is er gebeurd?" Ze haalde de plaid weg en zag Inges vastgebonden handen. Ze haalde met moeite de prop uit Inges mond en zag nu dat het touw om haar hele lichaam zat. „*Merde*!" was het eerste dat Inge uitbracht. Agneta begon te lachen. Dit mocht dan een lelijk woord zijn, ze was blij het te horen. Ze begon het touw los te maken, waarbij Inge zich enkele malen moest omrollen. Toen ze enkele minuten later rechtop zat, vroeg Agneta haar nog eens: „Wat is er gebeurd? Ben je overvallen?"

„Een of andere idioot dacht dat ik een rollade was!" riep Inge verontwaardigd.

Daarop schoot Agneta in een bevrijdende lach. „Ik heb de deur opengelaten," herinnerde ze zich dan.

„Doe die dicht en draai de sleutel om. Er is hier blijkbaar iemand die niet tegen open deuren kan," zei Inge, ondertussen over haar polsen wrijvend.

Agneta besloot koffie te zetten. Inge reageerde dan wel vrij nuchter, ze was natuurlijk toch van slag. Terwijl ze in de keuken was, merkte ze dat ze zelf ook stond te trillen op haar benen. Wat een thuiskomst!

Even later ging ze met de kopjes naar binnen. „Welkom thuis," zei Inge droog. Ze pakte haar kopje en dronk gretig.

„Ik was hier voor in de middag," begon ze dan. „Je had mij immers een mail gestuurd wanneer je ongeveer zou aankomen. Ik wilde het huis luchten en een en ander in de koelkast leggen. Daar was ik mee bezig toen er ineens een kerel binnenkwam."

„Je kende hem niet," veronderstelde Agneta.

„Hij droeg een bivakmuts en een lange, zwarte jas. Al was het mijn broer geweest, ik zou hem niet hebben herkend. Hij zei ook geen woord, maar begon mij onmiddellijk vast te binden. Natuurlijk schreeuwde ik het uit, maar dat heeft hier geen enkele zin. Hij smeet mij op de bank en begon door het huis te lopen. Hij was ook boven. Ik hoorde dingen verschuiven, laden open- en dichtgaan. Hij zocht duidelijk iets. Veel kan hij niet hebben gevonden, want Agnes' sieraden liggen in een kluis op de bank. Geld is hier ook niet. Na ongeveer twintig minuten ging hij weg. Ik hoorde hem door de gang lopen. Ik heb geen auto gehoord, maar dat is niet vreemd met die harde wind."

„De deur stond open," zei Agneta.

„Misschien was hij van plan terug te komen, maar heb jij hem gestoord."

Agneta huiverde onwillekeurig. Ineens moest ze weer aan Cedric denken. Maar ze had het gevoel gehad dat hij betrouwbaar was. Mogelijk kon ze niet op haar intuïtie vertrouwen.

„Je hebt dus geen idee. Heb je aan Nino gedacht?" vroeg ze.

„Hij? Maar waarom zou hij zoiets doen? Hij heeft trouwens een sleutel. Dan had hij beter een ander tijdstip kunnen kiezen, nietwaar?"

„Misschien kwam hij en verraste jij hem."

„Waarom verdenk je Nino?" vroeg Inge duidelijk verbaasd. „Hij is geen lieverdje, maar zoiets zou hij niet doen. Ik denk eerder aan die ander. Die persoon die zo'n halfjaar geleden zijn aanstaande schoonmoeder neerstak. Hij is immers vrijgekomen."

„Hij zou wel erg stom zijn als hij dan gelijk weer begon en nog wel in dezelfde plaats," weerlegde Agneta.

„Ik weet niet of dergelijke personen bekendstaan om hun intellect," bromde Inge. Ze leek alweer een stuk rustiger.

„Zal ik je naar huis brengen?" vroeg Agneta.

De ander schudde het hoofd. „Ik blijf vannacht hier.

Ik wil niet dat je hier nu alleen bent."

Agneta hoorde aan haar stem dat een protest niet zou helpen. Ze was ook wel opgelucht.

„Laten we het huis maar eens inspecteren," stelde Inge voor. „Hier heeft hij niets overhoop gehaald, voor zover ik zien kon. Hij liep vrij snel naar boven en begon daar te rommelen."

In de slaapkamer waar Agneta's bed was opgemaakt zag alles er keurig uit. En dat was in alle andere vertrekken hetzelfde. „Je zou gaan denken dat ik een en ander bij elkaar heb gefantaseerd," zei Inge.

„Jezelf op die manier vastbinden lijkt me niet al te gemakkelijk," meende Agneta.

In Agnes' werkkamer was het echter een ander verhaal. Alle spullen van haar bureau waren op de vloer geveegd. Laden waren omgekeerd, de kast was half leeggehaald, zelfs de prullenbak was midden in de kamer geleegd. Een fotolijst was uit elkaar gehaald. De foto van tante Agnes en haar moeder was doormidden gescheurd. „Er is duidelijk heel bewust naar iets gezocht," zei Inge peinzend. „Agnes had nauwelijks geld in huis en ook geen waardepapieren. Ik vind dit nogal vreemd. Misschien wil iemand jou bang maken."

Weer moest Agneta aan Nino denken. Hij wilde niet dat ze hier kwam wonen. Het liefst zou hij hier zelf wonen. Maar zelfs als zij dit huis aan hem zou willen verkopen, zou hij dat nooit kunnen betalen. Of hij moest een geheime bron van inkomsten hebben.

„Waar denk je aan?" vroeg Inge, die haar oplettend aankeek. Agneta haalde haar schouders op. Ze wilde niet opnieuw over Nino beginnen. Inge beschouwde het als zeer onwaarschijnlijk dat hij er iets mee te maken had. Iemand in een lange, zwarte jas. Dat was geen kleding waarin ze Nino ooit had gezien. Opnieuw kwam Cedric in haar gedachten. Die journalist die woonruimte zocht en tegen wie ze had gezegd dat ze bij haar terugkomst nog eens zouden praten. Maar waarom zou hij hier inbreken en Inge vastbinden? Misschien was hij niet wie hij beweerde te zijn. Toch wilde ze Inge niet vragen of zij iets van hem wist.

Samen ruimden ze de werkkamer op, voor ze naar beneden gingen. „Zal ik het bij de politie aangeven?" vroeg Agneta zich hardop af.

„Ik betwijfel of dat veel uithaalt. We hebben trouwens alle sporen uitgewist met ons gerommel. Agneta, je zou een hond moeten hebben."

„Als ik een baan vind, ben ik daarvoor te veel weg. Dan is zo'n dier veel te vaak alleen. Ik denk erover om enkele kamers te verhuren," zei Agneta.

„Dat zal in deze tijd van het jaar niet zo gemakkelijk zijn."

Inge opende de koelkast en hield een fles witte wijn omhoog. Agneta knikte.

„We kunnen wel een opkikkertje gebruiken," zei Inge.

„Aan de andere kant, Agneta, als jij hier graag wilt wonen, laat je dan niet door één zo'n voorval tegenhouden. Beschouw het als een incident. Agnes heeft hier jaren gewoond en er is nooit iets gebeurd."

Agneta ontstak nog enkele lampen en trok de gordijnen dicht.

„Ik heb hier zo vaak met Agnes gezeten," zei Inge peinzend. „We hadden vaak diepzinnige gesprekken. Ik mis haar erg, Agneta."

„Jullie hielden van elkaar," zei deze.

De ander knikte. „Hoewel dat in deze omgeving niet zo bekend was. Nino wist ervan."

„Denk je niet dat hij het aan anderen heeft verteld?" vroeg Agneta verbaasd.

„In het begin in elk geval niet. Agnes stopte hem nogal eens wat toe. O, niet om zijn zwijgen te kopen. Toen we hier kwamen wonen, hadden we besloten ons niet meer te verbergen. Maar dat hoefde ook niet, want men bemoeide zich niet met ons."

Agneta hield haar twijfels over Nino opnieuw voor zichzelf. In haar ogen was hij een onbeschofte vent, die had geprofiteerd van een vrouw die nooit kinderen had gekregen, maar dat wel heel graag had gewild. Hij had haar betoverd met zijn fluwelen ogen en alles van haar gedaan gekregen.

„Er is hier een halfjaar geleden een alleenstaande vrouw overvallen, hoorde ik," zei ze dan.

„Ja, dat had ik jou bij nader inzien beter niet kunnen vertellen. Ik geloof nog steeds dat de dader haar aanstaande schoonzoon was. Hij is nu vrij, maar dat zegt natuurlijk iets. Ze kunnen morgen een belastend bewijs tegen hem vinden en hem zo weer oppakken."

„Woont hij hier?" vroeg Agneta.

„Ik meende dat hij in Dinan woonde, maar ik weet niet of dat nog zo is. Ik hoorde dat zijn vriendin bij hem weg is. Zij geloofde ook in zijn schuld en dan kun je natuurlijk niet samen verder. In elk geval heeft een andere dader zich nooit gemeld." Inge nam een slokje van haar wijn. „Maar het lijkt mij niet verstandig steeds over dergelijke onderwerpen te praten. Ik zal eens uitkijken of ik iemand weet die een kamer wil huren. Er is hier een wat oudere man met een schildersatelier. In de zomer geeft hij les aan toeristen en dan slaapt hij in zijn atelier. Als hij hier in de winter is, woont hij in het hotel. Ik zal hem eens polsen. Wie weet."

Ze zaten nog enige tijd bij elkaar en praatten vooral over tante Agnes. „Ik heb haar eigenlijk verwaarloosd," zuchtte Agneta.

„Dat heb ik haar nooit horen zeggen. Maar Agnes miste haar familie meer dan ik."

Wat later maakten ze boven de logeerkamer in orde. „Verstandig dat jijzelf gelijk Agnes' kamer in gebruik hebt genomen," zei Inge. „Het is een fijne kamer."

„Ik heb hier overigens niet zo goed geslapen," zei

Agneta. „Ik hoorde allerlei geluiden en toen beweerde Nino dat er ratten zitten op zolder."

Inge schoot in de lach. „Dat geloof je toch zeker zelf niet? Ratten leven niet bij de zee, maar bij boerderijen en in vervuilde sloten en greppels. Hij heeft je voor de gek gehouden. In zo'n oud alleenstaand huis is altijd wel iets te horen. Als het waait, zoals nu, dan kraakt en piept het in al zijn voegen."

Waarschijnlijk had ze gelijk, dacht Agneta. Nino had haar bang willen maken, zoals ook die keer toen hij haar bijna de weg af reed. Wat Inge ook beweerde, zij vond hem een akelige kerel. Hij moest van haar leeftijd zijn, misschien iets jonger, maar hij vertoonde zeer onvolwassen gedrag.

Die nacht sliep ze goed, ze was nog vermoeid van de reis. Toen ze de volgende morgen wakker werd, hoorde ze Inge al in de keuken bezig. Even bleef ze nog liggen, en ze probeerde de gedachten aan inbraken en overvallen van zich af te zetten. Aangezien dat niet echt lukte, stond ze op en ging douchen. Toen ze in de keuken kwam was de ontbijttafel gedekt. Het rook heerlijk naar versgezette koffie en croissants die zo uit de oven kwamen.

„Zo, heb je goed geslapen?" Inge keek over haar bril naar haar.

„Ja. En jij? Tenslotte had jij toch een bijzonder vervelende ervaring."

„Ach, ik denk maar zo: hij was op zoek naar geld, dat hier niet te vinden was. Mij had hij niet verwacht, maar ik geloof niet dat hij mij echt kwaad wilde doen." Ze schonk koffie in voor Agneta en vroeg: „Wat ga je vandaag doen?"

„Ik wilde naar dat revalidatiecentrum vlak bij Dinan. Ik ga proberen of ik een gesprek kan regelen. Ik heb al mijn papieren bij me. Misschien levert het niets op, maar ik moet ergens beginnen. Voor de rest van de dag

heb ik geen plannen. Ik zal in de omgeving wat rondkijken."
Inge knikte. „Je bent bij mij altijd welkom. Mijn telefoonnummer staat in het zwarte boekje."
„Je zult me vast regelmatig zien," lachte Agneta.

Toen Inge was vertrokken ruimde Agneta eerst een en ander op. Daarna ging ze naar de werkkamer en ging daar achter het bureau zitten. Hier had tante Agnes dus veel tijd doorgebracht. Hier was ze ook overleden. De verscheurde foto lag nog op het bureau. Peinzend keek ze ernaar. Twee zussen die in niets op elkaar leken. Ze waren elkaar ontgroeid, had haar moeder weleens gezegd.
Agnes had zo'n ander leven. Daarnaast voelde ze zich misschien afgewezen, niet door Ellen, maar wel door haar echtgenoot. Door er nooit over te praten deed je immers net of iets niet bestond? Dat moest Agnes hebben gekwetst.
Agneta trok een lade open. Ze hadden alles er zomaar ingesmeten. Ze zou een en ander weer opnieuw moeten ordenen. Terwijl ze de lade weer terugschoof, viel er een dun boekje tussenuit. Een boek met een slotje. Agneta wilde het openen, maar er was geen sleutel bij. Het leek een dagboek te zijn. Ze zocht in het bakje met paperclips en vond het sleuteltje. Dit had de inbreker blijkbaar niet geïnteresseerd. Ze opende het boekje en zag Agnes' fijne handschrift. De datum was van bijna een jaar terug. Waarom zou ze toen een dagboek zijn begonnen? Of zouden er meer exemplaren zijn?
Aarzelend las Agneta enkele regels.

Ik heb de behoefte om een en ander op te schrijven. Men zegt dat door dingen op te schrijven, je een beter inzicht krijgt in jezelf en in anderen.

Agneta deed het boekje dicht en draaide het op slot. Ze nam het dagboek mee naar haar slaapkamer en schoof het onder haar bed. Misschien dacht ze er binnenkort anders over, maar nu had ze er moeite mee dit te lezen. Ze besloot eerst maar naar het dorp te rijden voor enkele boodschappen. Natuurlijk was er in Dinan meer te winkelen, maar Inge had gezegd dat men het op prijs zou stellen als ze zo veel mogelijk hier haar inkopen deed.

Toen ze haar auto parkeerde, werd ze op haar schouder getikt. Ze draaide zich schrikachtig om. Het was Cedric. „Heb je zin om even koffie te drinken?" vroeg hij vriendelijk.

Ze aarzelde, haar blik gleed over hem heen of ze hem wilde taxeren. Er was iets aan hem dat haar dwarszat, maar het wilde haar niet te binnen schieten. „Je moet er lang over nadenken," zei Cedric.

„Ach, sorry, ik dwaalde even af. Goed, laten we even iets drinken." Misschien schoot haar dan te binnen wat haar dwarszat. Ze liepen samen naar het kleine restaurant, waar nog altijd de stoelen buiten stonden. Daar was het nu echter te koud voor.

De man aan de andere kant van het plein zag hen gaan. Hij had zijn handen ineengeklemd of hij zichzelf wilde tegenhouden eropaf te gaan. Wat had dit te betekenen? Wat deed die vent hier? En vooral: wat wilde hij met die vrouw? Hoe kende ze hem, waar had ze hem ontmoet? Hij was net uit de gevangenis, wat deed hij hier? Dit kon niets goeds betekenen.

Hij had trouwens wel lef om naar de plaats van de misdaad terug te keren. Er waren mensen hier die wisten wie hij was. Diep in zijn hart wist de man echter wat Cedric hier kwam doen. Hij zou een en ander willen onderzoeken, alles weer oprakelen. En daar was de gluurder niet blij mee.

Agneta dronk intussen haar koffie op, terwijl Cedric een geestig verhaal vertelde. Hij was op-en-top journalist en zag overal nieuws achter. Ze kon zich voorstellen dat zijn columns graag werden gelezen. Ze wilde hem juist vertellen over de inbraak in 'Paradis Terrestre', toen haar iets te binnen schoot. De inbreker droeg een lange, zwarte jas, had Inge gezegd. Cedric droeg zo'n jas. Zou hij ... Maar waarom? Op zoek naar nieuws? Ze kon zich niet voorstellen dat hij zoiets zou doen. „Je kijkt naar me of je mijn gedachten wilt lezen," zei hij.

„Als dat zou kunnen," glimlachte ze nerveus.

„Ik kan ze je wel vertellen. Ik hoop dat je erover nagedacht hebt of je mij een kamer wilt verhuren."

„Op het moment ...," begon ze twijfelend. „Ik kwam gisteren pas aan. Er was ingebroken," vervolgde ze toch maar.

„Je meent het! Waren ze op zoek naar geld? Ik onderzoek namelijk de overval op die oudere vrouw. En als deze overvaller dacht dat je tante hier nog woonde en geld zocht, dan ..."

„Hij heeft Inge vastgebonden," onderbrak ze hem.

„Inge?"

„Een vriendin van mijn tante. Ze was het huis aan het klaarmaken voor mijn komst. Ik vond haar vastgebonden op de bank."

„Lieve help! Was ze gewond?"

„Gelukkig niet. Voor zover wij konden zien was er niets van waarde weg. Maar waarom doet iemand zoiets dan? Ik weet verder niks van de dader, alleen dat hij volgens Inge een lange, zwarte jas droeg." Ze zweeg. Was ze nu te ver gegaan?

„Een lange, zwarte jas? Zoals ik?" Hij keek haar doordringend aan.

„Dat weet ik niet. Er zullen wel meer van dergelijke jassen zijn, toch?"

„Dus dat is de reden waarom je zo afstandelijk bent."

Ze zei niets. Het leek haar ineens volkomen absurd dat hij zoiets zou doen.

„Misschien is het beter als wij elkaar niet meer spreken. Dat over die kamer kwam spontaan in mij op. Ik heb inderdaad woonruimte nodig. Ik dacht: dan kan ik haar hier gelijk wat wegwijs maken. Er zat verder niets achter. Ik zal afrekenen."

Agneta keek toe terwijl hij de ober betaalde en voelde zich bepaald onprettig. Ze had zich gedragen of ze hem verdacht van de inbraak. Hij moest wel beledigd zijn.

„Het spijt me," zei ze. „Ik had beter aan je kunnen vragen of jij er enig idee van had wie zoiets zou doen. Ik bedoel: jij bent journalist, jij praat met veel mensen, misschien kom je daardoor een en ander te weten. Inge wilde trouwens niet naar de politie."

„Zoiets moet je natuurlijk wel aangeven," reageerde hij.

„Inge zei dat wij alle sporen hadden uitgewist. We hadden overal rondgelopen en overal gekeken of er niets weg was. Dat was dus gek genoeg niet het geval."

„De inbreker heeft dus bewust naar iets gezocht," zei Cedric peinzend. „Bij die andere vrouw was er indertijd wel geld gestolen en enkele dingen van waarde. Dus mogelijk was het niet dezelfde dader. Of misschien werd hij door iets gestoord."

Agneta zuchtte en zei dan: „Ik wil er het liefst niet meer aan denken. Ik wil niet bang worden om daar te wonen. Als je nog steeds een kamer wilt huren, kunnen we erover praten."

Hij keek haar even aan en ze kreeg een kleur. Zo leek het net of ze hem als beveiliging wilde inhuren. Maar hij had immers zelf gevraagd of ze bescherming nodig had?

„Nu even niet," was het antwoord en ze was meer teleurgesteld dan ze voor zichzelf wilde toegeven.

Ze namen met een korte groet afscheid. Ze had hem zelf weggestuurd door te laten doorschemeren dat ze hem verdacht van die inbraak.

Agneta deed haar noodzakelijke boodschappen en reed naar Dinan. Ze moest ook nog naar de gemeente voor een vergunning om hier te mogen werken. Haar diploma moest in het Frans worden vertaald door een erkend vertaalbureau. Pas als dat allemaal was geregeld kon ze officieel solliciteren.

Het was al laat in de middag toen ze thuiskwam. Terwijl ze naar het huis toe liep moest ze zich bedwingen om niet schichtig om zich heen te kijken. Ze opende de deur en deed die direct achter zich op slot. Alles was zoals ze het had achtergelaten en ze haalde opgelucht adem. Ze moest echt proberen een en ander van zich af te zetten, anders kon ze hier niet wonen. Ze stond even voor het grote raam dat uitkeek op de zee en het strand. Dit was een unieke plaats om te wonen. Ze zou zo snel mogelijk proberen een kamer te verhuren.

De volgende dagen verliepen rustig. Agneta schreef sollicitaties naar twee revalidatiecentra en een ziekenhuis. Ze maakte daarbij gebruik van tantes computer, die nu de hare was. Ze veranderde een en ander in de kamer zodat deze meer van haarzelf werd. Ze probeerde haar Frans wat bij te spijkeren door Franse boeken en tijdschriften te lezen en televisie te kijken. Het was tenslotte een eerste vereiste dat ze de taal goed onder de knie kreeg.

Op een avond pakte ze het dagboekje. Ze wilde graag iets meer van haar tante te weten komen. En na lezing zou ze het vernietigen, besloot ze. Toch had ze het gevoel dat ze iets verbodens deed toen ze het slotje openmaakte.

Jezelf leren kennen. Ik begrijp bijvoorbeeld niet waarom ik Nino le Fèvre als een soort zoon in mijn huis heb verwelkomd. Toen ik hem voor het eerst ontmoette – dat is alweer zo'n vijf jaar geleden, hij was toen net twintig – viel ik als een blok voor hem. Hij stond daar

*op een straathoek in Rouen en speelde niet onverdien-
stelijk klarinet. Ik keek dit even van enige afstand aan
en zag hoe sommige mensen een geldstuk in een
schaal gooiden die aan zijn voeten stond. Ik vroeg me
af of die jongen daarvan moest leven. Waarom ik een
gesprekje met hem aanknoopte? Iets in zijn blik raakte mij. Hij zag er zo eenzaam uit. Voor ik het wist had
ik hem uitgenodigd met mij te gaan eten. Kwamen er
toch lang verdrongen moederinstincten boven? Hij
vertelde mij dat hij op straat leefde en geen familie
had die naar hem omkeek. Als het erg slecht weer
was, verbleef hij in een afgekeurd fabrieksgebouw. En
's nachts sliep hij daar ook.
Ik zei hem dat hij gerust eens langs mocht komen. Een
week later was hij hier, en hij is nooit meer echt weg-
gegaan. Vanaf het begin gaf dit grote problemen met
Inge. Zij vond dat ik mij in liet pakken door mooie
ogen en een zielig verhaal. Ik zie nu dat ze gelijk had.
Maar ik heb er lang over gedaan voor ik hem doorzag.
Veel te lang. Ik moet er spoedig met Inge over praten.*

Agneta sloot het boekje en schoof het opnieuw onder
haar bed. Het was wat veel om in één keer te lezen. Ze
had al gezien dat er ook dingen in stonden over Agnes'
leven hier. Haar eigen naam werd ook genoemd, en
Nino kwam er vele malen in voor. Ze had na het lezen
van dat ene stukje al het idee dat Nino niet was waarvoor hij zich uitgaf. En tante Agnes had dat blijkbaar
ook doorgekregen.

De volgende dag werkte ze aan een brief voor het revalidatiecentrum in Dinan toen Nino ineens binnen stond.
„Kun je niet aanbellen?" vroeg ze verontwaardigd.
„Dat zou wel kunnen, maar waarom zou ik op de stoep
moeten staan tot jij eindelijk zover bent dat je mij binnenlaat? Heb je gezien hoe slecht het weer is?"

„Niemand heeft je gevraagd hierheen te komen."

„Nee, maar ik voelde me verantwoordelijk. Ik wil je waarschuwen." Agneta stond op.

„Wil je soms koffie?" vroeg ze niet al te toeschietelijk. Ze kon hem toch niet dwingen om weg te gaan. Misschien kwam ze met normale vriendelijkheid nog het verste.

„Hier is je sleutel terug," zei hij toen hij in de keuken aan tafel schoof. Ze accepteerde deze zonder iets te zeggen. Ze besefte ook dat hij er zonder al te veel moeite één bij had kunnen laten maken. Maar goed, het ging om het gebaar. Ze schoof hem de koffie toe en ging tegenover hem zitten. „Wat kom je doen?" vroeg ze koel.

„Voel jij je wel veilig hier?"

Ze fronste. Wist hij van de inbraak? Zij had het alleen aan Cedric verteld, maar misschien had Nino Inge ontmoet en had die het hem verteld.

„Het is een heerlijk huis," hield ze zich op de vlakte. „Waarom zou ik mij niet veilig voelen? Tante Agnes woonde hier jarenlang met veel plezier."

„Ze ging wel plotseling dood."

Een rilling liep eensklaps over haar rug. „Iedereen gaat een keer dood," zei ze niettemin.

„Nou, ik ben er anders erg van geschrokken. Ze mankeerde nooit iets en ik had haar twee dagen eerder nog gesproken."

Agnes ging er niet op in. Ze had er nog niets van gemerkt dat Nino verdriet had om tante Agnes. „Ik heb die kerel gezien," zei hij dan.

„Welke kerel?" vroeg ze afwezig.

„Die vent die zijn schoonmoeder naar de andere wereld heeft geholpen."

„Hè? Die loopt hier toch zeker niet vrij rond."

„Ze hebben hem vrijgelaten en nu loopt hij hier overal rond. Hij heeft wel lef, dat moet ik zeggen."

„Hoe komt het dat hij vrij is?" vroeg ze.

„Wegens gebrek aan bewijs, zegt men dan. Maar hij heeft het wel gedaan. Zijn vriendin heeft hem in de steek gelaten. Dat zou ik ook doen als iemand mijn moeder had omgelegd. Misschien is hij op zoek naar andere slachtoffers."

Agneta zag Inge weer voor zich zoals ze op de bank was vastgebonden.

„Het is toch wel erg vreemd dat hij hier dan weer terugkomt, vind je niet? Weet je het wel zeker?" Of wil je mij bang maken zodat ik hier vertrek, dacht ze erachteraan.

„Ik weet het heel zeker. Jij hebt hem vast al gezien. Hij logeert in het hotel en overdag loopt hij rond en praat met allerlei mensen. Zogenaamd om stukjes in de krant te schrijven. Maar volgens mij wil hij er alleen maar achter komen wie er veel geld thuis heeft liggen."

„En daarom kom je mij nu waarschuwen?" Agneta probeerde uit alle macht rustig te blijven.

„Ja. Jij woont hier maar alleen. Als er iets gebeurt is er niemand in de buurt. Je tante was heus ook niet altijd op haar gemak hier. Soms hoorde ze geluiden, een keer meende ze iemand in haar huis te zien. Ik heb hier vaak geslapen. Dan voelde ze zich toch veiliger."

Agneta stond op en zette de kopjes op het aanrecht. Ze was niet van plan hem voor de tweede keer in te schenken. Ze liet zich niet zo gemakkelijk inpalmen als tante Agnes.

„Waar dient dit allemaal toe, Nino?" vroeg ze zich omdraaiend.

Zijn donkere ogen sperden zich wijd open. Lieve help, wat was hij een knappe jongen.

„Ik wilde je alleen waarschuwen," zei hij nog eens. „Die vent loopt hier vrij rond en wat hij eens heeft gedaan kan hij opnieuw doen. Maar goed, je moet het zelf weten. Agnes voelde zich in elk geval een stuk veiliger als ik er was."

„Ik ben Agnes niet. En als je op deze manier probeert mij zover te krijgen dat ik je hier laat slapen, kun jij je pogingen staken. Het gebeurt gewoon niet."
Schouderophalend stond hij op. „Het is allemaal goedbedoeld, al schijn jij daar anders over te denken. Goed, dan ga ik maar. Houd je deuren en ramen op slot."
Ze zei niets, wachtte tot hij weg was en tot haar eigen ergernis draaide ze inderdaad de deur op slot. Hij was er weer in geslaagd haar bang te maken. Had hij hetzelfde bij tante Agnes geprobeerd? Had hij al die tijd gehoopt dat hij haar huis en haar geld zou erven?
Ze ging naar boven en pakte opnieuw Agnes' dagboekje. Ze ging verder waar ze gebleven was.

In korte tijd was ik zeer op Nino gesteld geraakt. Hij gedroeg zich beleefd en was bezorgd op een manier die me raakte. Ik stopte hem af en toe wat geld toe. Hij was altijd zo dankbaar. Hij hield mij soms in de avond gezelschap, kookte dan voor ons tweeën. Hij bleef regelmatig slapen en dat bracht Inge een keer tot de vraag of ik soms verliefd op hem was. Daardoor ontstond een heftige ruzie. Hoe kon ze zoiets zeggen als je bedenkt wat wij allemaal samen hebben meegemaakt? Pas nu denk ik: ze had gelijk. Ik was verliefd. Niet op de manier zoals een vrouw op haar man, maar zoals een moeder op haar zoon. Nino kreeg alles van mij gedaan. De laatste tijd doet hij niet meer zoveel moeite om beleefd te zijn. Zijn vragen zijn meer eisen geworden en ik moet daar iets tegen doen. Ik heb mijn testament gemaakt ten gunste van Agneta. Ik had eerst aan Ellen gedacht, nooit denkend dat zij eerder zou gaan dan ik. Ik heb er last van dat ons contact zo verwaterd was. Agneta schrijft mij af en toe, maar ik vraag mij af of zij weet van Inge. Ik zal het haar vertellen als ze hier komt. Dat zou dit voorjaar zijn, beloofde ze.

Ja, dat heb ik beloofd, dacht Agneta schuldbewust. Er was alleen niets van gekomen. Ze had het weer uitgesteld tot het najaar. En hier was ze dan. Alleen, want tante Agnes was er niet meer.

In de vakantie was ze een week met haar vader weggeweest en daarna nog tien dagen met een groepje vriendinnen. Ze had wel aan tante Agnes gedacht, maar toen al besloten dat het in de herfst beter uitkwam. Met in haar achterhoofd de gedachte dat dit voor tante gezellig zou zijn als de seizoensdrukte voorbij was. Het was hier dan erg stil en de dagen waren kort.

Ach, ze had tante gewoon verwaarloosd. Het enige excuus was dat het nog zo kort geleden was dat haar moeder was overleden en dat ze haar vader niet te lang alleen wilde laten. Maar die had zijn vertier inmiddels elders gezocht. Ze zuchtte. Hoewel ze wilde proberen haar vader te begrijpen, lukte dat nog niet erg. Ze zou hem hier zeker snel uitnodigen. Ze hoopte dat hij uit zichzelf begreep dat Katja niet welkom was op 'Paradis Terrestre'.

HOOFDSTUK 6

Er verliepen enkele dagen en toen kreeg ze een bericht-
je binnen van het revalidatiecentrum in Dinan, of ze
wilde komen voor een gesprek. Agneta gaf zichzelf de
volgende dag de opdracht te proberen in het Frans te
denken. Dat ging niet gemakkelijk, en ze betrapte zichzelf erop dat ze in zichzelf liep te mompelen. Ze besloot
het dorp in te gaan en enkele boodschappen te doen.
Dat ging haar prima af, maar als de mensen tegen haar
begonnen te praten had ze voortdurend de neiging hun
te vragen hun tempo te verlagen. Iemand zei: „U komt
niet van hier." Wat hadden ze dan gedacht? Ze zou
natuurlijk nooit accentloos Frans spreken.
Toen ze uit de supermarkt kwam, begon het plotseling
te regenen. Ze haastte zich naar de auto, zette alles in
de achterbak tot ze opeens voelde dat er iemand naast
haar stond. Cedric! Hij hield een grote paraplu boven
haar hoofd en ze glimlachte naar hem.
„Het lijkt zo te moeten zijn dat we elkaar steeds tegen-
komen," zei hij.
„Dat wordt binnenkort vanzelf minder," antwoordde ze.
„Ga je toch terug naar Nederland?"
„Voorlopig niet. Ik wil hier werken en moet morgen op
een sollicitatiegesprek. Maar ik ben bang dat mijn
Frans niet goed genoeg is. Er zijn daar natuurlijk ook
patiënten die moeite hebben met spreken. En als ze dan
zo'n stuntel als ik tegenover zich krijgen …"
„Je praat tegen mij Engels en Nederlands door elkaar,"
lachte hij.
„Gemakzucht," knikte ze.
„Als ik nu eens met je meega? Dan blijf ik een paar uur-
tjes en dan spreken we alleen Frans."
Dit moest ze natuurlijk aannemen. Ze verdrong de
gedachten aan alles wat Nino had verteld. Het waren roddels, anders niet. Nino was niet te vertrouwen,

dat had tante immers ook geschreven.

Cedric zei dat hij in zijn eigen auto achter haar aan zou rijden. Ze stapte in, keek in haar spiegel hoe hij met snelle passen naar zijn eigen wagen liep. Hij hield de paraplu even boven het hoofd van een jonge moeder met haar kind, en hielp haar bij het instappen.

Hij was een beleefd en attent persoon, dacht ze. Maar had Agnes dat ook niet over Nino geschreven? Nee, dat was geen vergelijking. Deze man had niets van haar nodig, behalve misschien woonruimte, waar hij voor zou betalen. Ze startte de auto, reed weg en zag in de spiegel dat hij haar volgde. Ze ging nu dus met een man die ze nauwelijks kende naar een afgelegen plaats om enkele uren Frans te spreken. Was ze eigenlijk niet onverantwoord bezig? Stel dat hij werkelijk zijn aan- staande schoonmoeder … Nee, dacht ze. Ze had toch wel enige mensenkennis opgedaan in de loop der jaren. Cedric leek haar betrouwbaar en erg aardig.

Ze parkeerde haar auto onder aan de trap en even later stond Cedric achter haar. Hij hielp haar de boodschap- pen naar binnen dragen.

De treden waren glad van de regen en ze verloor een keer bijna haar evenwicht, maar hij greep haar bij de arm waarbij de doos boodschappen met een plof op de grond belandde.

„Nou, er lijkt me niets kapot," zei hij. „Maar anders was jij gevallen." Hij keek haar met een lachje aan. Agneta kreeg een kleur. Hij stond wel erg dichtbij.

Zodra ze boven waren begon Cedric Frans te spreken en Agneta deed haar best om hem te verstaan en om het juiste antwoord te geven.

Weldra dronken ze koffie en ineens flapte ze eruit: „Men zegt dat jij regelrecht uit de gevangenis komt."

„Dat klopt," antwoordde hij rustig.

Ze beet op haar lip, zei dan: „Men zegt ook dat jij je aan- staande schoonmoeder hebt overvallen." Ze merkte dat ze was overgegaan in het Nederlands. Hij antwoordde in het Engels. „Dat zegt men. Ze zijn er nu achter dat daar geen enkel bewijs voor is. Daarom ben ik vrij en daarom ben ik hier. Ik wil uitzoeken wie de echte dader is."

Dat maakte veel duidelijk, dacht Agneta, die dolgraag wilde geloven dat deze man te vertrouwen was. „Zolang de echte dader niet is gevonden, zijn er altijd mensen die blijven twijfelen," zei Cedric. „De politie werd anoniem gebeld door iemand die mij naar binnen zag gaan en die de vrouw om hulp hoorde roepen. Hij zei er niet bij in welke volgorde dat gebeurde. Toen ik bij Claires moeder kwam leefde ze nog, maar ze was zeker niet meer in staat om te roepen. Ik belde zelf de ambulance. Deze kwam tegelijkertijd met de politie en ik werd onmiddellijk ingerekend."

„Dat moet afschuwelijk zijn geweest," zei Agneta. „Had je een goede band met je schoonmoeder?"

„Niet bepaald. Ze was trouwens mijn schoonmoeder niet. Ze was de moeder van Claire, de vriendin waarmee ik al enkele jaren samenwoonde. Ik kwam zelden bij haar. Nu was ik in de buurt en ik dacht: kom, laat ik haar eens een bezoekje brengen. Met verstrekkende gevolgen."

„Gelukkig dat je weer vrij bent," zuchtte ze.

Hij keek haar aan. „Ik zal niet echt vrij zijn voor ze de werkelijke dader hebben gepakt."

„Denk je dan dat hij hier woont?"

„Ik moet ergens beginnen," zei hij schouderophalend. „Zullen we nu maar weer verdergaan in het Frans? Uiteindelijk praat je bij een onderwerp dat je raakt toch het gemakkelijkst in je moedertaal."

Hij bleef nog geruime tijd. Agneta vertelde over tante Agnes en dat ze dit huis haar eigendom mocht noemen. Ze zei hem ook dat ze een kamer met badkamer wilde verhuren en hoopte in stilte dat hij zou vragen of hij dat mocht zijn. Maar dat gebeurde niet.

Hij vertelde haar over zijn werk waarvoor hij veel had gereisd. Hij vertelde haar ook over zijn thuiskomst enkele weken terug, toen hij ontdekte dat zijn vriendin was vertrokken en dat er iemand anders in zijn appartement woonde. „Het is niet te geloven," zei Agneta, alweer in het Nederlands.

Ze begonnen beiden te lachen en Agneta dacht dat er een sfeer van vertrouwen tussen hen was ontstaan.

„Claire heeft mijn spullen bij een vriend van mij opgeslagen," ging Cedric in het Frans verder. „Zelf heeft ze blijkbaar weer iemand waar ze nu mee samenwoont. Ik weet niets van haar leven zoals het nu is. Ik was vijf maanden uit de roulatie en ze heeft mij slechts tweemaal opgezocht."

Agneta had zo haar eigen gedachten over een dergelijke vriendin, maar ze zei er niets over. Ze merkte even later alleen op dat Claire natuurlijk verdriet had om haar moeder.

„Zelfs dat weet ik niet. Ze heeft er nooit over willen praten. Zelf kon ik ook bij niemand kwijt wat ik had meegemaakt. Ik wil niet beweren dat ik ten onder ging aan verdriet, daarvoor kende ik Claires moeder niet goed genoeg. Maar het was wel een enorme schok haar zo te vinden. Maar daar kon ik met niemand over praten. Ik was immers de dader."

„Wat heb je een ellendige tijd achter de rug," zei Agneta meelevend. „Was er dan niemand die jou opzocht?"

„Ik ben enig kind en ik heb alleen nog een moeder die in een tehuis woont. Ze gaat geestelijk wat achteruit, waar ik nu bijna blij om ben. Daardoor heeft ze niet alles gevolgd wat er gebeurd is. Toen ik haar opzocht deed ze of ik de vorige dag nog was geweest. Ik heb een heel goede vriend, Hassan. Hij woonde bij mij in de buurt, hij was de enige die me enkele keren kwam opzoeken. Maar nu hebben we het wel genoeg over mij gehad. Jij bent nu aan de beurt. Heb je een vriend?" En op Agneta's ontkennende antwoord vroeg hij: „Hebben ze daar in Nederland allemaal een blinddoek voor? Of ben je een vrouw die liever alleen door het leven gaat?" Agneta zei eerst niets. Ze had een beetje moeite met de directe manier waarop hij vragen stelde. „Ik heb een aantal jaren een relatie gehad, maar we hadden weinig gemeen. In die tijd was mijn moeder al ernstig ziek. Ik wilde daar veel zijn en daar had hij geen begrip voor. Hij wilde zijn leven van uitgaan en pleziertjes gewoon door laten gaan en mijn hoofd stond er helemaal niet naar. Ik was er in die tijd niet voor hem. We gingen uit elkaar en ik ontdekte dat ik heel goed alleen kon zijn. Toen mijn moeder was overleden, stuurde hij slechts een voorge- drukt kaartje." Ze haalde de schouders op. „In de nood leer je je vrienden kennen, zegt men toch?"

Hij knikte. „Je laatste twee zinnen waren weer in het Nederlands."

„Dat overkomt me zonder dat ik het in de gaten heb," zuchtte ze.

„Je kennis van de taal zal heus de doorslag niet geven bij je sollicitatie. Het gaat erom of je goed bent in je werk." Hij stond op. „Laat eens horen hoe het is afgelo- pen." Hij gaf haar een kaartje. „Hier staat ook mijn mobiele telefoonnummer op. Op een andere manier ben ik op dit moment niet bereikbaar. Zonder vaste woon- of verblijfplaats noemt men dat immers."

„Een clochard," waagde ze.

Hij lachte. „Zo erg is het nog niet. Ik ben nog in dienst bij de krant. Mijn laatste columns zijn weer geplaatst. En dat is nog maar het begin. Ik ga een verslag schrij- ven over mijn verblijf in de gevangenis. In vervolgen. Je moet niet denken dat daar niets te beleven is. Hoe meer ik eraan denk, hoe meer er boven komt."

„Ik wil die krant graag lezen," zei ze bij de deur.

Hij knikte. „Ik zal zorgen dat je hem krijgt." Hij boog

zich naar haar toe en kuste haar naar Franse gewoonte op de wangen. Agneta kleurde diep. Ze wist heus wel dat ze hier geen betekenis aan moest hechten. In dit land kuste men elkaar bij elke ontmoeting, maar dan keek men elkaar niet zo aan als Cedric nu deed. Zijn ogen waren lichtbruin en ze zag er een vonkje humor in. „We zien elkaar wel weer." Ze kreeg een tikje op de wang en hij verdween. Agneta vroeg zich af of ze werkelijk iets had opgestoken van deze Franse les. Of was alles in het niets opgelost bij het zien van zijn bruine ogen?

De man die zich verborgen hield achter een enorm rotsblok zag Cedric vertrekken. Zijn gezicht drukte woede uit, maar ook angst. Wat deed die vent hier? Zocht hij contact met alle bewoners van deze plaats? Waar was hij mee bezig? Werkte hij soms in opdracht van de politie? Dat kon de man zich niet voorstellen. Die kerel had een strafblad. Of was dat vernietigd wegens gebrek aan bewijs? Hij zou iets tegen die vent moeten ondernemen. En snel ook.

Agneta bleef aan Cedric denken en besloot voor wat afleiding het dagboekje nog maar eens ter hand te nemen.

Inge zegt dat Nino niet deugt. Zover wil ik niet gaan. Ik geloof dat hij weleens dingen doet die strafbaar zijn. Ik denk ook dat hij iets gebruikt. Soms is hij in zo'n uitgelaten stemming dat hij wel dronken lijkt. Ik heb het hem rechtstreeks gevraagd, maar hij keek me zo geschokt aan met die grote ogen van hem, dat ik het maar liet gaan. Soms heb ik wel spijt dat ik me met hem heb ingelaten. Hij permitteert zich vrijheden of hij werkelijk een familielid van mij is. Hij komt hier bijvoorbeeld slapen zonder daarvoor toestemming te vragen. Het is mijn eigen schuld. Ik heb toen gezegd:

de slaapkamer is altijd klaar voor gebruik. Maar ik
begin steeds meer een ongemakkelijk gevoel te krijgen
als hij er is.

Agneta sloot het boekje. Hier werd ze bepaald niet rustiger van. Ze kon zich beter gaan voorbereiden op haar gesprek voor morgen.

Ze kleedde zich de volgende dag zorgvuldig in een rok met een jasje. Ze ging tenslotte op sollicitatiegesprek. Daarbij, ze had in Dinan al veel jonge vrouwen gezien die er modieus gekleed uitzagen. Men trok hier niet zomaar iets aan. Men kleedde zich.
Het centrum bleek een modern gebouw. De deuren openden automatisch en ze kwam in een grote, lichte ruimte. Er was een balie waarachter een jong meisje haar vragend aankeek. Agneta zei waar ze voor kwam en de ander knikte en stond op. „Komt u maar mee."
Ze werd in elk geval verwacht. Ze kwam in een kantoor terecht, waar een wat oudere vrouw haar vriendelijk begroette. „U wilde hier komen werken."
„Ik hoop dat er plaats is," antwoordde Agneta.
„Hebt u uw diploma bij u, alsmede uw cv en een brief van het revalidatiecentrum waar u werkte?" Agneta diepte de papieren op uit haar tas. De vrouw wierp er een vluchtige blik op en legde de papieren dan naast zich neer.
„Het moet wel in het Frans worden vertaald door iemand die daar bevoegd toe is," zei ze.
Agneta knikte. Ze begreep heus wel dat ze daar zelf niet aan mocht beginnen.
De vrouw vroeg nog een en ander over het werk dat ze had gedaan en vroeg waarom ze uit Nederland was vertrokken. Ze zouden kunnen denken dat in Nederland iets gebeurd was waardoor zij daar niet meer kon werken, begreep Agneta. Dus vertelde ze in het kort over

91

het huis dat nu het hare was. „Er is daar niet veel vertier voor een jonge vrouw," meende de ander.

„Erquy is een gezellige badplaats, maar niet om deze tijd van het jaar. Zul je het wel redden? Ik kan je namelijk geen volledige baan aanbieden."

„Ik kan goed alleen zijn. En ik wil een deel van het huis verhuren," zei ze maar weer eens.

„Dat zou verstandig zijn," meende de ander. „Het is hier zo: binnenkort gaat er iemand met zwangerschapsverlof. Het zou dus in eerste instantie maar voor een halfjaar zijn. Maar in die tijd kan er van alles gebeuren. Je kunt in elk geval ervaring opdoen met het werk hier. Het zal wel enigszins anders zijn dan in Nederland. Maar voor ik definitief ja zeg, wil ik eerst de papieren in orde hebben."

Ze zou naar de gemeente moeten voor een werkvergunning, dacht Agneta. Maar eerst zou ze een bewijs van vakbekwaamheid moeten aanvragen.

Eenmaal buiten haalde ze opgelucht adem. Al met al zag het er positief uit. Ze zou zich veel prettiger voelen als ze werk had. Degene die ze zou gaan vervangen werkte drie dagen per week, dat was voor haar voorlopig ook wel genoeg.

Ze besloot Inge een bezoekje te brengen, die duidelijk blij was haar te zien.

„Ik was van plan deze week naar je toe te komen," zei ze. „Het is tot nu toe niet gelukt een huurder voor je te vinden. De schilder waar ik het over had, vond het wel prima zoals hij nu woonde. Hij zei nog net niet: waar bemoei jij je mee." Ze glimlachte. „Het zal niet gemakkelijk zijn, vrees ik."

„Ik denk dat ik het aan Nino maar één keer hoef te vragen," zei Agneta.

„Dat zou ik je niet aanraden. Je komt nooit meer van hem af."

„Tante Agnes kreeg ook steeds meer moeite met de

vrijheden die hij zich veroorloofde."
„Is dat zo?" Inge keek haar vragend aan.
Agneta aarzelde. Ze had tantes dagboek gelezen. Misschien zou Inge dat afkeuren. Er stond echter wel in: ik moet er met Inge over praten.
„Er waren wat aantekeningen," zei ze dan. „Ze schreef dat jij Nino niet mocht en dat ze jou gelijk moest geven. Ze had ook haar twijfels over hem."
„We hebben er ruzie over gehad," knikte Inge. „Ik vroeg haar zelfs of ze verliefd op hem was. Ik was verontwaardigd dat ze zomaar iemand van de straat had geplukt. We hebben dat wel een keer uitgepraat, maar Nino bleef toch tussen ons in staan. Ik denk dat ze hem zo'n beetje beschouwde als haar pleegzoon."
„Ik wil niet dat hij steeds zomaar binnenkomt," zuchtte Agneta. „Maar ik realiseer mij ook dat het voor Nino moeilijk is dit weer allemaal op te geven. Een plaats waar hij altijd terechtkon, iemand die hem financieel ondersteunde. Tante Agnes zou het niet goed vinden als ze wist dat hij weer op straat moest slapen."
„Stel je gerust, Nino redt zich wel," zei Inge. „Het zou me niet verbazen als hij in verboden middelen handelt."
Agneta ging er niet op in. Inge was wel erg negatief. Misschien had er ook een zekere jaloezie gespeeld in verband met tante Agnes' genegenheid voor Nino.
Agneta besloot hem zo veel mogelijk buiten haar huis te houden. Dat zou hem op den duur wel ontmoedigen. Misschien stond er wel iets in het dagboekje over eventuele handel in drugs. Ze had nog niet alles gelezen, maar wie weet had tante Agnes ook al plannen gemaakt om van hem af te komen. Misschien had Nino daarvan geweten. Stel dat tante inderdaad geen natuurlijke dood was gestorven? Nee, nu moest ze het niet erger maken. Waar dacht ze aan?
„Jij hebt tante toch gevonden?" vroeg ze.
Inge knikte. „Men zei dat ze de avond daarvoor was

overleden. Ik had haar nog aan de telefoon gehad, we hadden een afspraak voor de volgende morgen. Ze klonk opgewekt en ik kreeg zeker niet de indruk dat ze zich niet goed voelde."

Zwijgend zaten ze even bij elkaar, ieder verdiept in haar eigen gedachten. Agneta kwam toch weer bij Nino terecht. Het moest hem in zekere zin wel goed uitkomen dat tante Agnes er niet meer was. Hij moest toch wel hebben begrepen dat tante het een beetje voor gezien hield met hem. Waarschijnlijk had hij gehoopt op een flinke erfenis. Misschien had hij niets geweten van het bestaan van een nichtje. Het moest hem allemaal wel zijn tegengevallen.

„Hoe verliep je gesprek vanmorgen?" vroeg Inge dan. Agneta vertelde een en ander. „Het is een modern centrum," knikte Inge. „Er is ook een afdeling voor dementerenden, maar ik denk niet dat jij daar mee te maken krijgt."

„Nee, ik ook niet. In principe is revalidatie toch een afdeling waar mensen komen om weer zo ver mogelijk mobiel te worden."

„Het zou mooi zijn als deze baan doorging," zei Inge. „Niet ver van je huis. Collega's waarvan enkelen misschien vrienden worden."

Dat laatste was nog maar de vraag, dacht Agneta toen ze naar huis reed. Zij maakte niet zo gemakkelijk vrienden.

Even later parkeerde ze haar auto, sloot deze zorgvuldig af en liep naar het huis. Het was mistig en huiverend draaide ze de sleutel om.

Ze zou de open haard aansteken en de verwarming opdraaien, zodat het overal behaaglijk werd. Dan even koffiezetten, bij Inge had ze een glas sap gedronken. Ze vond het heerlijk om met haar voeten bij de open haard koffie te drinken. Ze knipte enkele schemerlampen aan, het was nog steeds vroeg donker. Maar ze ging ook wat dat betreft betere tijden tegemoet. En als ze nou die baan kreeg … Het zou fijn zijn als ze inderdaad vrienden maakte. Je bent zo op jezelf, had Theo vaak gezegd. Hij had gelijk, ze wist alleen niet hoe dat te veranderen. Ongewild gingen haar gedachten naar Cedric. Vreemd dat ze tegen hem wel openhartig was geweest. Ze had hem zelfs verteld over haar relatie met Theo. En over de dood van haar moeder. Bij hem voelde ze zich blijkbaar op haar gemak. En het was nog maar zeer de vraag of dat terecht was.

Ze stond op met het plan nog even in het dagboekje te lezen. Ze was benieuwd of tante Agnes iets had geschreven over eventuele drugs in verband met Nino. Ze ging naar haar slaapkamer, wilde het boekje van onder haar bed pakken en vond het niet. Verbaasd schoof ze haar bed opzij. Niets. En ze was er toch zeker van dat ze het daar de vorige avond had opgeborgen. Ze keek om zich heen en begon dan systematisch de kamer te doorzoeken en keek op plaatsen waarvan ze zeker wist dat ze het dagboek daar nooit had neergelegd. Dan ging ze naar tantes werkkamer en zocht daar. Toen ze om zich heen keek, had ze het gevoel dat er iets was veranderd in die kamer. De la van het bureau stond een eindje open. De gordijnen waren halfgesloten, enkele boeken waren omgevallen. Was er opnieuw iemand binnen geweest? Die persoon had in elk geval opgepast geen rommel te maken, dacht ze wrang. Ze doorliep de hele bovenverdieping, eerder boos dan bang. Dan kwam ze opnieuw in haar slaapkamer terecht. Ze trok een lade van de kaptafel open en daar lag het dagboek. Was ze bezig haar verstand te verliezen? Ze wist zeker dat ze hier even geleden ook had gekeken. Misschien had ze de la niet ver genoeg opengetrokken. Maar ze wist ook zeker dat ze het boekje daar nooit had neergelegd. Maar wie dan wel? In feite kon ze maar één persoon bedenken die hier belang bij had. Ze opende het boekje en staarde verbijsterd naar de lege bladzijden. Eerst dacht ze nog dat dit een ander exemplaar moest zijn, maar dan zag ze dat er bladzijden uit waren gescheurd.

Ze tuurde door een kier van de gordijnen naar buiten. Natuurlijk was er niemand te zien. De mist was overgegaan in regen. Ze ging naar beneden en nam het boekje met zich mee. Beneden liep ze alle ramen en deuren na en sloot wat mogelijk was. Dan ging ze opnieuw bij de open haard zitten. Ze bladerde het boekje nog eens door, maar vond alleen blanco bladzijden. Nu, ze wist in elk geval wie er belang bij had om deze bladzijden te laten verdwijnen. Waarschijnlijk had er nog iets meer in gestaan over handel in verboden middelen.

Dus Nino was hier opnieuw binnen geweest. Ze staarde voor zich uit. Of was hij hier nog? Want hoe kon dit boekje het ene moment volkomen spoorloos zijn en een kwartier later voor het grijpen in een la liggen? Dan moest hij dus nog ergens in huis zijn.

Nu echt woedend stond ze weer op, stoof de trap op en liep weer alle kamers door en opende zelfs de kasten. Er was helemaal niemand en uiteindelijk ging ze weer naar beneden, behoorlijk van slag. Een simpele oplossing kon ze hiervoor niet bedenken.

Ze ging weer voor de open haard zitten, duwde haar koud geworden koffie van zich af. Nu even goed nadenken. Als Nino wist van het dagboek, zou hij er ook al eerder naar gezocht kunnen hebben. Toen was hij Inge tegengekomen en dus gestoord bij zijn zoektocht. Als hij vanmorgen binnen was geweest en het dagboek had gevonden, had hij het kunnen lezen. Hij zou de bladen hebben meegenomen en het achter in die la hebben gelegd. Zij trok de la open, maar niet ver genoeg, gooide deze met een klap weer dicht en het boekje schoot naar voren, waar zij het even later zag liggen. Zo moest het wel gegaan zijn. Er was nu echt niemand meer in huis behalve zijzelf, ze was er zeker van. Ze zou Nino hierover aanspreken, al zou hij natuurlijk alles ontkennen.

De volgende morgen kreeg Agneta een telefoontje van het revalidatiecentrum. Ze werd uitgenodigd om over een week op een tweede gesprek te komen. Ze kon dan zorgen dat ze haar papieren op orde had.

Ze had de gewoonte aangenomen iedere morgen een strandwandeling te maken. Het was nu half februari. De lucht was vaak helder, maar het was nog koud. Er waren in de morgen nauwelijks mensen op het strand.

Op een ochtend was ze Cedric tegengekomen. Hij vroeg haar of ze al een beetje gewend was en ook hoe het ervoor stond met haar sollicitatie. Ze vertelde hem een en ander en hij liep een eindje met haar op. Ze vroeg hem of hij al opschoot met zijn onderzoek.

„Niet echt," zuchtte hij. „De meeste mensen weten nu wie ik ben en ze wantrouwen mij. Ik denk dat ik voor enige tijd terugga naar Dinan, om mijn beste vriend Hassan op te zoeken. En ik wil een gesprek met Claire."

„Wil je haar terug?" vroeg Agneta, beet dan op haar lip. Stomme vraag. „Sorry," mompelde ze.

„Ik denk niet dat er nog iets tussen ons is," zei hij openhartig. „Maar ik zou willen weten waarom ze zo heeft gehandeld. We waren vijf jaar samen en op de een of andere manier wil ik dat toch afsluiten."

Ze knikte. Ze zou dat toch moeten begrijpen, maar in feite wilde ze alleen maar dat hij zou zeggen: Ik hoop haar nooit meer te zien. Hoewel ze er wel naar uitkeek, kwam ze hem de volgende dagen niet meer tegen. Waarschijnlijk was hij inmiddels naar Dinan vertrokken.

HOOFDSTUK 7

Agneta had een positief gesprek in het revalidatiecentrum en werd per 1 maart aangenomen voor drie dagen in de week.

Op een avond, enkele dagen voor ze zou beginnen, werd er gebeld. Het was al donker. Wie zou haar om deze tijd nog een bezoek brengen? Nino vast niet, ze had hem al een hele tijd niet gezien. Dat sterkte haar in de overtuiging dat hij meer wist van de vernieling van het dagboek.

Ze stond op en liep met enige aarzeling naar de deur. Voor ze er was werd er voor de tweede keer gebeld. „Nou, kalm maar," mompelde ze. Ze opende de deur.

„Verrassing!" Het was Katja, samen met haar vader.

„Ik hoop dat dit een prettige verrassing is," zei Bert, duidelijk niet helemaal zeker van zijn zaak.

„In elk geval wel een onverwachte," hield Agneta zich op de vlakte. „Kom binnen."

Katja was als eerste binnen, daardoor had ze even tijd haar vader wat uitgebreider te begroeten. „Kind, ze was niet te houden," zei hij met een lichte zucht. „We blijven niet lang."

„Ik vind het fijn je te zien," antwoordde ze naar waarheid. Ze hoefde er niet bij te zeggen dat dit laatste niet voor Katja gold. Deze was al in de kamer en liep rond. Hier en daar pakte ze een voorwerp op, opende een kastdeur en probeerde een stoel. Ze wilde juist de deur naar Agnes' vertrek openen, toen Agneta liefjes zei: „Zullen we met de rondleiding even wachten, ik denk dat jullie wel trek hebben in koffie?"

„Je hebt zeker niets te eten?" vroeg Katja op een toon of ze ervan uitging dat Agneta niet de gewoonte had iets te eten.

„Ik leef van helmgras en schelpen," kon Agneta niet

nalaten te zeggen. Haar vader schudde het hoofd, maar glimlachte toch.

„Ik heb vandaag juist soep gemaakt en ik heb nog wat stokbrood," zei Agneta dan.

„Dat is toch prima," vond Bert. „We zijn hier nu en ik wil niet dat je een uur in de keuken gaat staan. Ik wil met je praten. Ik ben zo benieuwd hoe het met je gaat."

„Oké, ik zorg voor koffie en zet vast de soep op." Ze was blij dat ze zich toch even kon terugtrekken in de keuken. Natuurlijk vond ze het fijn om haar vader te zien, maar had hij dat mens niet thuis kunnen laten? Ze was nauwelijks binnen of ze begon zich al te ergeren.

Even later liep ze met de koffie en wat chocolade-broodjes naar binnen. „Daar heb ik echt trek in," waardeerde haar vader. Katja hapte ook gretig in een brood-je.

„Ik moest dit eigenlijk niet doen," zei ze even later. „Ik word te dik."

Agneta zei niets. Natuurlijk zou Katja willen horen dat ze superslank was. Dat was echter niet zo.

„Voor jou is het gemakkelijk. Jij bent mager," zei Katja nu.

„Helemaal niet, zij is lang," verdedigde Bert zijn dochter onmiddellijk.

Agneta, die wist dat een paar pondjes meer haar niet zouden misstaan, zei geërgerd: „Jullie zijn hier hoop ik niet om over lijnen en diëten te praten."

„Vertel nu eens hoe het je hier bevalt," begon Bert over iets anders. „Je bent hier nu bijna twee maanden."

„Ja, en die zijn omgevlogen," bevestigde Agneta. „Ik heb al enkele mensen ontmoet. Interessante gesprekken gevoerd." Hierbij dacht ze vooral aan Cedric. „Mijn Frans wordt steeds beter. Inge ter Beek spreek ik ook regelmatig."

„Toen we door het dorp reden dacht ik: wat ziet het er vreselijk saai uit," meldde Katja.

„Tien kilometer verderop is een leuke badplaats. Meer dan één trouwens. Dinan is een prachtig oud stadje. De stranden zijn schitterend en het uitzicht hier verveelt nooit." Ze zweeg abrupt. Het leek wel of ze een toeristenfolder opdreunde.

„Heb je wel ruimte voor logés?" vroeg Katja dan. „Als hier vlakbij een badplaats is, kunnen we ook in een hotel gaan, niet, Bert?"

Agneta begreep dat ze nu al behoefte had aan meer vertier. „Ik heb een ruime logeerkamer met badkamer boven. Daarnaast is nog een kleine slaapkamer over, maar ik neem aan dat jullie bij elkaar slapen."

„Natuurlijk, wat dacht jij dan?" Katja gaf Bert een speelse por. Die reageerde niet en Agneta begreep dat hij deze openhartigheid niet prettig vond.

Toen haar vader en Katja even later boven waren om zich wat op te knappen, bedacht Agneta dat zij het ongewild moeilijker maakte voor haar vader. Hij voelde dat zij deze vrouw niet echt accepteerde. Maar stel dat Katja hem nu echt gelukkig maakte, dat zij van elkaar hielden. Dan was het niet fair hem het gevoel te geven dat hij moest kiezen tussen zijn dochter en deze vrouw. Agneta had echter nog steeds de grootste moeite om deze relatie serieus te nemen.

Even later kwam Bert bij haar in de keuken, waar ze de tafel dekte en de maaltijd verzorgde. Hij keek zwijgend toe en zei dan: „Sorry dat we jou zo overvallen. Ik had moeten bellen."

„Pa, ik ben heus blij je te zien. Jij bent het enige wat ik nog heb aan familie. Ik heb een beetje moeite met Katja, maar als jij gelukkig bent ..."

„Gelukkig?" herhaalde Bert. „Dat weet ik niet. Ik werd gek van het alleen-zijn en Katja kan heel hartelijk zijn. Door haar voel ik me minder alleen. Maar vanbinnen ben ik nog even eenzaam."

De tranen schoten Agneta in de ogen bij het horen van

deze bekentenis. „Ik wil niet zielig overkomen," haastte Bert zich te zeggen.

„Dat weet ik immers. Ik zou wat toleranter moeten zijn. Waar blijft ze trouwens?"

„Ze ging douchen en iets anders aantrekken."

„Ze denkt toch hoop ik niet dat dit een officieel diner wordt?" schrok Agneta.

„Welnee. Maar ze maakt zich graag mooi."

Dat bleek toen Katja beneden kwam. Ze droeg een zwartfluwelen broek en een pullover waarin zilverdraad was verwerkt. Ze was volledig opgemaakt en droeg zilveren oorringen.

„Jij ziet er mooi uit," zei Bert waarderend. Katja glimlachte naar hem.

„Een vrouw moet zich verzorgen, vind je niet?" Ze keek naar Agneta, die zich op dat moment helemaal niet verzorgd voelde.

„Als de gelegenheid zich voordoet, zeker," zei ze, zich op hetzelfde moment voornemend haar kast nog eens na te kijken. Misschien kon ze voorstellen morgen uit eten te gaan in Dinan. Ze had daar een chique restaurant gezien, dat zou Katja wel aanspreken. Ze aten met smaak, vertelden intussen een en ander. Haar vader bleek een serre aan zijn huis te willen bouwen. Agneta begreep echter al snel dat Katja degene was die dit wilde doordrijven.

„Blijf jij nog wel in je eigen huis wonen?" vroeg ze.

„Je vader wil af en toe alleen zijn. Ik denk dat jij wat dat betreft op hem lijkt," zei Katja.

„De wereld is vol herrie," bromde Bert. „Wat dat aangaat kan ik Agneta's voorkeur voor dit huis wel begrijpen. Agnes hield ook van de rust hier."

„Ja, maar zij was oud."

„Bedankt, ik ben net zo oud," zei Bert droog.

„Maar ik ga ervoor zorgen dat je niet saai wordt," beweerde Katja stellig. „Als je volgend jaar stopt met werken gaan we overwinteren in Spanje."

Agneta wierp een verbaasde blik in haar vaders richting. Deze haalde de schouders op en Agneta ging er verder niet op in. Katja kon wel allerlei plannen hebben, maar als Bert het er niet mee eens was, ging het vast niet door.

„Zullen we nog even in het dorp kijken?" vroeg Katja toen de tafel was afgeruimd.

„Nu nog?" vroegen Agneta en haar vader tegelijkertijd.

„Ja, in de morgen lijkt het me daar helemaal uitgestorven," zei Katja een beetje vinnig.

„Dat is het nu ook," zei Agneta. „Het is winter er zijn nog geen toeristen. Er is een klein restaurant en een crêperie."

„We kunnen wat drinken in het restaurant." Katja was niet zomaar van haar voornemen af te brengen.

„Ik ga niet mee," zei Bert beslist. „Na een hele dag in de auto ben ik afgedraaid. Ik ga vroeg naar bed."

Katja keek naar Agneta en zag aan haar gezicht dat zij ook niet mee zou gaan. „Dan ga ik alleen. We zijn hier maar een paar dagen, die ga ik niet in bed doorbrengen."

Zonder verder commentaar gaf Bert haar de sleutels van de auto.

„Blijf niet te lang weg. Anders moet een van ons zijn bed uitkomen om de deur te openen," zei Agneta.

„Ik kan de sleutel meenemen," stelde Katja voor.

„Liever niet. Ik wacht wel," antwoordde Agneta kortaf. Ze wilde haar sleutels aan niemand meer afgeven. Katja mompelde iets onverstaanbaars en verdween.

„Het spijt me," zei Bert met een lichte zucht.

„Ach, pa, dan heeft ze zich tenminste niet voor niks zo mooi gemaakt," zei Agneta toegeeflijk.

„In Amsterdam gaat ze ook vaak uit. Ze heeft een groepje vaste vrienden. Ik pas daar niet meer tussen," zei Bert berustend. „Het zal niet lang duren of ze houdt het voor gezien met mij. Ik kan dat wel begrijpen. Ik ben te oud voor haar en ik heb geen behoefte meer aan uitgaan. Ik draag altijd de gedachte aan Ellen bij me. En ook het verdriet."

„Misschien is een beetje afleiding wel goed," meende Agneta. „Zullen wij nog een wijntje nemen?" Even later zaten ze weer bij de open haard en tuurden ze in de vlammen. Agneta had gezien dat het flink mistig was, maar ze zei er niets van tegen haar vader. Hij zou zich maar ongerust maken. Al snel kwam het gesprek op Ellen, en Agneta merkte dat hij het prettig vond over haar te praten. Er waren natuurlijk ook nauwelijks mensen die daar in mee zouden gaan. Katja zou dat al snel zat zijn. Begrijpelijk misschien, maar waarom begon ze dan iets met een oudere weduwnaar? Haar vader zat er natuurlijk financieel goed bij. Zou dat mee-spelen?

Ze had begrepen dat Katja het niet breed had en zeker niet vergeleken met Bert.

„Katja ziet er mooi uit vanavond," zei ze.

„Ja, ze houdt erg van kleren. Ze heeft lange tijd weinig kunnen kopen."

Agneta ging er niet op in. Waarschijnlijk stak haar vader haar regelmatig iets toe, maar dat waren haar zaken niet.

„Ze is altijd zo dankbaar," zei Bert zacht.

Natuurlijk, dacht Agneta geërgerd. Dat was wel het minste.

Het gesprek kwam ook op Agnes en Inge. Haar vader praatte er nu wat gemakkelijker over. „Ik had er moeite mee," gaf hij toe. „Ik vond het ook jammer. Ellen had maar één zus. Als Agnes was getrouwd en kinderen had gekregen was de band veel sterker gebleven. Zo bleef de familie wel erg klein. Maar ik begrijp nu dat ze geluk-kig was met deze vrouw. En dat is toch het belangrijk-ste."

Net na halftwaalf hoorden ze de auto aankomen en even later een tweede, die ook onder aan de trap stopte. Ze keken elkaar met opgetrokken wenkbrauwen aan.

„Ze maakt snel vrienden. Althans, zij noemt dat vrienden," zei Bert.

Agneta wachtte tot er werd gebeld. De lichten had ze enige tijd geleden aangeknipt. Als ze langs de trap kwamen was het uitkijken. Met dit weer waren de stenen treden glad.

Even later ging inderdaad de bel. Agneta merkte dat haar vader achter haar aan liep de gang in, maar ze zei er niets van. Hij vroeg zich natuurlijk af wie Katja had opgepikt. Ze schoof de grendels weg en opende de deur.

„Wat een ongelofelijke negorij," was Katja's eerste commentaar toen ze binnenstapte.

Achter haar stond Cedric, constateerde Agneta stomverbaasd.

„Ja, hij bracht me thuis en ik dacht dat ik hem wel kon uitnodigen voor een glas wijn. Je kent hem immers."

Agneta stond Cedric aan te staren of ze hem voor het eerst zag. „Jullie kennen elkaar toch?" zei Katja, nu ongeduldig,

„Mag ik even binnenkomen, Agneta?" Cedric glimlachte verontschuldigend.

„Natuurlijk. Sorry." Ze deed haastig een stap opzij.

„Dit is niet de tijd waarin ik gewoonlijk mensen een bezoekje breng," zei hij. „Ik ga ook direct weer weg, maar zij …" Hij rolde met zijn ogen.

„Ligt Bert al in bed?" vroeg Katja en liep de kamer in. Hij was kennelijk verdwenen toen hij de andere man zag.

„Je bent nog op. Nou, je had gelijk. Er is hier werkelijk niets te beleven. Het was dat ik hem tegenkwam, ook op zoek naar afleiding."

Zou ze niet doorhebben dat dit een opmerking was met

een dubbele bodem, vroeg Agneta zich af.

„Ik dronk koffie in dat restaurant en daar kwam Cedric binnen. We raakten aan de praat en hij bood me iets te drinken aan. Toen we buitenkwamen zag je geen hand voor ogen en ik durfde niet met de auto, dus is Cedric vooropgereden. Hij wist precies de weg.”

„Je had ook niet moeten gaan,” liet Bert zich horen.

„Hij vond het niet erg, toch, Cedric?”

De manier waarop Katja tegen hem praatte – net alsof ze hem al jaren kende – irriteerde Agneta.

„Het was geen moeite,” antwoordde Cedric vriendelijk, „maar nu moet ik gaan.”

Katja bedankte hem nog eens uitvoerig en zoende hem daarbij op de wang. Agneta liet hem uit. „Ze is nogal impulsief,” meende ze haar logee te moeten verontschuldigen.

„Ik kon haar niet alleen laten gaan. Het is gevaarlijk met dit weer.”

Hij raakte even haar schouder aan en liep naar buiten. In een mum van tijd was hij in de mist verdwenen. Even later hoorde ze de auto starten. Ze liep naar binnen, waar Katja nu dicht tegen Bert was aangekropen. „Ik zeg net dat het onverstandig is om met de eerste de beste vreemde man mee te gaan,” liet Bert zich horen.

„In het restaurant was nog een heel knappe jonge man. Die zei: 'Laat mij je brengen, meisje. Hij komt net uit de gevangenis.' Maar dat was natuurlijk onzin. Die ander wilde mij gewoon wegbrengen, denk je ook niet?” Katja keek Agneta vragend aan.

„Hij wilde zeker leuk zijn,” antwoordde Agneta achteloos, maar met bonzend hart.

„Ken je hem goed? Woont hij in de buurt?” vroeg Agneta's vader nu.

„Hij is journalist en schrijft columns voor een grote krant. Ik heb hem een paar keer ontmoet. We hebben weleens samen koffiegedronken. Dat is alles,” zei

Agneta. „Zullen we nu naar bed gaan?"

„Je hebt gelijk." Bert stond direct op. „Ik ben dood-moe."

Agneta wenste hen goedenacht en ruimde een en ander op. Ze zou immers toch niet kunnen slapen. Ze wilde van harte dat Katja in Amsterdam was gebleven. Als ze aan allerlei mensen naar Cedric ging vragen, dan zou ze het hele verhaal te weten komen. Want men zei het niet openlijk, maar de meeste mensen wisten inmiddels toch wie hij was. En zoals Cedric zelf zei, hij zou ver-dacht blijven tot de echte dader was gevonden.

De drie dagen dat Agneta's bezoek er was verliepen nogal chaotisch. Agneta was een type dat graag een beetje structuur in haar leven had, maar Katja had daar blijkbaar nog nooit van gehoord. Ze stond laat op. Agneta en haar vader hadden dan het ontbijt al achter de rug en zaten aan de koffie voor het grote raam. Op zich vond Agneta het wel prettig dat ze zo een tijdje met haar vader alleen was. Ze praatten veel over haar moe-der en over Berts leven van nu. Ze begon te begrijpen dat hij moeilijk alleen kon zijn. Ze kreeg het gevoel dat hij alleen daarom iets met deze jonge vrouw was begon-nen, maar ze zei er niets van. Evenmin als van het feit dat Katja na het ontbijt nog minstens een uur in de bad-kamer bezig was. Ze zag er iedere dag weer anders uit, zowel wat kleding betrof als haar kapsel.

„Het duurt lang, maar het resultaat mag er zijn," zei Bert. Agneta vond het nogal overdreven om zich in deze omgeving zo op te doffen.

Voor een strandwandeling was Katja niet meer te por-ren nadat ze een keer op naaldhakken de trap had geno-men en toen via een schelpenpad op het strand terecht-kwam.

„Het is hier allemaal zo primitief," mopperde ze, terwijl ze beneden haar schoenen uittrok.

„Je had naar ons moeten luisteren," zei Bert zachtzinnig. Ze wierp hem een boze blik toe, maar zei niets. Op het strand klaagde ze over de wind en beweerde ze dat ze weer moest gaan douchen, vanwege het zand dat overal tussen waaide. Agneta ergerde zich groen en geel, maar ter wille van haar vader zei ze niets. Bert zou wel een keer doorkrijgen dat hij met deze vrouw niet verder kon.

Om Katja een plezier te doen gingen ze een dag naar Saint-Malo om wat te winkelen. Hier genoot Katja. Ze was aanhalig tegen Bert en deze trok voortdurend zijn creditcard. Hij knipoogde naar Agneta, maar deze reageerde niet. Katja zou hem kaalplukken, dacht ze verontwaardigd. Niet dat zijzelf geld nodig had, maar in haar ogen kon hij beter een goed doel steunen dan deze vrouw alles te geven wat ze wilde.

De laatste dag wilde Katja nog een keer terug naar Saint-Malo, maar Bert weigerde. „We hebben een lange reis voor de boeg, ik doe het vandaag wat rustig aan," zei hij tot Agneta's opluchting.

„Vind je het goed dat ik alleen ga?" vroeg Katja.

Bert knikte en Agneta zag dat hij haar zijn bankpas gaf. „Ze maakt je nog arm," kon ze toch niet nalaten te zeggen toen ze weg was.

„Ze heeft lange tijd zuinig moeten leven," vergoelijkte hij. „En ik kan het doen. Als jij iets nodig hebt ..."

„Nee, ik kan me prima redden. Volgende week ga ik aan het werk." Ze vertelde haar vader een en ander over het revalidatiecentrum. Die dag maakten ze nog een strand-wandeling.

„Ik vind het fijn dat ik nu gezien heb hoe het hier gaat. Ik denk dat je het hier wel gaat redden," meende Bert. „Zeker nu je ook werk hebt. Maar ik zou het wel een prettig idee vinden als je inderdaad een huurder in huis hebt."

„Misschien komt dat wel een keer," antwoordde Agneta, denkend aan Cedric. Zou hij inmiddels al met zijn vriendin hebben gesproken? Misschien maakten ze het weer goed. Vijf jaar gooide je toch niet zomaar overboord.

Katja was die avond weer niet voor het donker thuis. „Nu hoop ik toch dat ze niet weer een of andere kerel heeft opgepikt," mopperde Bert.

„Je moet elkaar wel kunnen vertrouwen," zei Agneta.

„Natuurlijk. Ik weet heus wel dat ze alleen wat flirt. Ik gun het haar, ze is nog jong. Maar zijn die kerels te vertrouwen?"

„Degene die haar van de week thuisbracht zeer zeker," antwoordde Agneta kortaf.

„Ik vond het anders maar een vreemd verhaal dat Katja vertelde. Hij zou in de gevangenis hebben gezeten. Zoiets verzinnen mensen toch niet."

„Als ze gedronken hebben verzinnen ze van alles." Bert zweeg er verder over en Agneta was blij dat ze de volgende dag zouden vertrekken. Als ze hier wat langer bleven, zouden ze onvermijdelijk achter de waarheid komen.

Het was al tien uur geweest toen Katja stralend en beladen met tassen thuiskwam.

„Zijn alle winkels hier zo laat open?" vroeg Bert fronsend.

„Ik ben met iemand gaan eten. Ik vertel je er alles over."

„En door die persoon ben je ook weer thuisgebracht," veronderstelde Bert strak. „Was het dezelfde als de vorige keer?"

„Nee, nee, en dat was maar goed ook. Ik vertel het je zo."

Agneta kreeg een bang voorgevoel. Wat kon ze allemaal te vertellen hebben?

Katja sleepte haar bagage naar de slaapkamer. Toen ze terugkwam zei ze: „Ik heb alles op het bed uitgestald, dan kun je het straks zien."

„En als ik een en ander niet mooi vind?"

Ze haalde haar schouders op. „Ik kan het niet meer terugbrengen, nu we morgen vertrekken."

„Je schijnt het hier leuk te gaan vinden," bromde Bert. Als ze voortdurend met andere mannen omgaat, is dat in haar geval niet zo vreemd, dacht Agneta. Ze hield het echter voor zich.

Katja kwam terug in een rood huispak. Agneta schonk een glas wijn voor haar in en ging weer zitten, gespannen voor de verhalen die ze te horen zouden krijgen.

„Ik liep nog wat door de stad, op zoek naar een leuke gelegenheid om wat te drinken," begon Katja. „Als een soort afscheid eigenlijk. Je had er natuurlijk bij moeten zijn," zei ze zijdelings tot Bert. „Maar goed, ik zat aan een tafeltje het menu te bestuderen en toen kwam er een ober naar me toe. Een ongelofelijk mooie man. Hij nam mijn bestelling op en toen hij terugkwam nam hij voor zichzelf ook een bord mee. Hij zei dat hij klaar was met zijn werk en nog niet had gegeten. Ik was wel een beetje overdonderd."

„Toch wel," zei Bert cynisch. „Als die vent lelijk was geweest, had je hem onmiddellijk weggestuurd."

Ze ging hier niet op in, maar zei: „Wat heel bijzonder was: hij wist precies in welk huis ik logeerde. Hij kende Agneta en hij had tante Agnes ook heel goed gekend. Ik vond dit wel frappant. Hij vertelde dat hij als een zoon voor tante Agnes was geweest. Maar ook dat jij hem niet mag."

„En zijn naam is Nino le Fèvre," liet Agneta zich horen.

„Klopt. Ik begreep van hem dat hij hier graag een kamer wil huren. Nou, als ik jou was zou ik niet lang na hoeven te denken."

„Ik vertrouw hem niet," reageerde Agneta kortaf.

„Nou, ik wel. Die ander is niet te vertrouwen. Die Cedric. Hij heeft echt in de gevangenis gezeten, weet je dat? Voor moord!"

„Waarom loopt hij hier dan nog rond?" vroeg Bert, die

duidelijk moeite had dit laatste te geloven.

„Omdat hij is vrijgelaten wegens gebrek aan bewijs," zei Agneta nu. „En eerlijk gezegd heb ik de indruk dat Nino zich eerder met een criminele organisatie bezighoudt dan Cedric," voegde ze er nog aan toe. „Maar goed, ik ga nu naar bed, als jullie het niet erg vinden. Hoe laat willen jullie morgen vertrekken?"

Haar grijze ogen waren heel donker en Bert wist dat zijn dochter nu erg boos was. Daarom zei hij er niets meer over en stond op om ook naar bed te gaan.

Even later hoorde Agneta haar vader en Katja samen druk praten en lachen. Kennelijk was ze haar aankopen aan het showen.

Agneta was opgelucht dat ze de volgende morgen zouden vertrekken. Maar dankzij Katja maakte haar vader zich nu toch ongerust. Dat wilde ze niet.

Bert was de volgende morgen weer vroeg beneden. Tot Agneta's opluchting zei hij niets over de vorige avond. Wel was hij kortaf tegen Katja. Toen hij Agneta vroeg hem wat geld te lenen voor de terugreis en hij haar gezicht zag, zei hij: „Maak je geen zorgen, ik ga nog niet failliet. Maar ik heb maar één creditcard bij me en mijn saldo is te laag voor als we ergens gaan eten. Ik voel me onveilig met zo weinig geld ter beschikking. Ik boek het thuis onmiddellijk naar je over."

„Je bent nogal tekeergegaan," kon Agneta niet nalaten tegen Katja te zeggen. Want dat zij de oorzaak was van haar vaders geldtekort, dat was wel duidelijk.

„Alles is hier ook zo vreselijk duur," zei Katja pruilend.

„Is het niet in je opgekomen om zelf ook geld mee te nemen?" vroeg Agneta.

„Dat vond Bert niet nodig," was het antwoord.

Agneta keek haar vader eens aan. Hij gedroeg zich wel erg naïef. Ze hoopte maar dat zijn ogen waren opengegaan tijdens deze reis.

Toen ze even later een en ander samen regelden, zag ze

110

aan zijn gezicht dat hij het vreselijk gênant vond. „Ik begrijp het niet," mompelde hij. „Je mag toch aannemen dat vierduizend euro wel genoeg is voor vier dagen Frankrijk."

Agneta's mond viel open. Dan schoot er een verontrustende gedachte door haar hoofd: Nino. Hij zou toch niet ... Ze achtte hem ertoe in staat om Katja geld te leen te vragen. Ze wist niet dat haar vermoeden juist was. Dat Katja als een blok voor hem was gevallen en vijftienhonderd euro voor hem had gepind. Ze had Nino zelfs beloofd terug te komen naar Frankrijk, maar dan kwam ze alleen en zou Nino een slaapplaats voor haar regelen.

Zo gauw het een beetje voorjaar werd zou ze deze kant weer uit komen. Want deze jongeman met zijn fluwelen ogen en zijn zachte stem was toch heel wat aantrekkelijker dan Bert. Het was alleen jammer dat Nino geen geld had, maar hij had gezegd dat hij verwachtte dat die toestand snel zou verbeteren. Katja vertrok opgewekt. Een dure garderobe rijker en met een romantische verhouding in het verschiet. Als ze echter zag hoe nors Bert haar behandelde, begon ze zich toch af te vragen hoe ze hem wat milder kon stemmen. Het was duidelijk dat hij echt boos was, en ze had hem de komende tijd nog hard nodig.

„Al met al was het toch erg leuk," probeerde ze.

„Ik weet niet of je het ook leuk had gevonden als ik mijn creditcard had vergeten," antwoordde Bert narrig.

„Sorry, ik weet dat het te veel was. Maar ik genoot er zo van niet voortdurend naar de prijskaartjes te hoeven kijken. Nu ga ik weer voor lange tijd zuinig aan doen."

Bert zei niets en Katja begreep dat het tijd zou kosten hem wat milder te stemmen. Maar dat het haar zou lukken, dat wist ze wel zeker.

HOOFDSTUK 8

Twee dagen later ging Agneta voor het eerst naar haar werk. Ze had de afgelopen dagen veel tijd besteed aan het bestuderen van het Frans. Toch vond ze het nodig zich te verontschuldigen voor haar moeizame zinnen, maar de mensen wuifden haar excuses weg, vol bewondering dat ze al zover was gekomen.

Nadat ze aan iedereen was voorgesteld, bezichtigde ze de ruimte waar ze zou komen te werken. Er werd haar een en ander uitgelegd over de apparatuur en na een halfuur kreeg ze haar eerste patiënt. Agneta zat al snel in het ritme. Ze probeerde met iedere patiënt een praatje te maken, voor zover dat lukte. Sommigen vonden dat plezierig, anderen gaven nauwelijks antwoord. Aan het eind van de middag kreeg ze een dame, keurig gekleed en gekapt, maar ze sprak wat moeilijk en kon ook haar arm niet goed bewegen.

Ze had een attaque gehad, maar als Agneta in de papieren keek was er al een flinke verbetering opgetreden. Toen Agneta haar aankeek en haar afwezige blik opving, begreep ze dat ze met haar geen praatje hoefde te beginnen. Terwijl de vrouw haar oefeningen deed en soms eenvoudigweg niet reageerde, riep ze ineens: „Houd je kop!" In het Frans weliswaar, maar daarom niet minder duidelijk.

Agneta, die juist wat vertelde over een oefening, zweeg verschrikt. Ze nam het de vrouw niet kwalijk, ze begreep dat zij zichzelf niet onder controle had. Dit was trouwens haar laatste patiënt en ze was juist klaar toen de deur werd geopend en een bekende stem vroeg: „Mag ik haar meenemen?"

Ze keek met een ruk op en stond oog in oog met Cedric. Ze bleven elkaar even aankijken, dan glimlachte hij: „Ik vermoedde al dat je hier werkte."

„En jij? Wat doe jij hier?" vroeg ze.

„Ik kom met mijn moeder wandelen." Hij boog zich over de vrouw heen. „We gaan nog even naar buiten, mamma."

„Neem me niet steeds mee," snauwde ze. Hij legde kalmerend een hand op haar schouder, keerde zich naar Agneta. „Vind je het goed als ik vanavond even langskom, of is je vader er nog?"

Ze schudde het hoofd, maar aarzelde met haar antwoord. Ze dacht aan alles wat Nino over Cedric had gezegd en ook de vermoedens die haar vader had geuit. Maar als ze nu zag hoe hij met zijn moeder omging, haar zorgvuldig een sjaal omdeed en een jas om haar schouders legde terwijl hij wachtte op haar antwoord, hoe kon ze dan geloven dat hij een oudere vrouw had aangevallen?

„Ik ben vanavond thuis," zei ze uiteindelijk zacht.

„Je hoeft niet bang te zijn dat ik een wapen meeneem," zei hij.

Ze werd vuurrood. Hij had haar aarzeling doorzien. „Hoe laat kan ik je verwachten?"

„Rond acht uur, als je dat goedvindt." Ze knikte. Hij kwam ongetwijfeld weer vragen of hij een kamer bij haar kon huren. Ze had nog een aantal uren de tijd om daarover na te denken.

Cedric reed zijn gebruikelijke rondje met zijn moeder. Hij praatte tegen haar en wees haar op dingen die ze tegenkwamen. Hij wist niet of dit enige zin had. Soms reageerde ze heel normaal, maar vaak sloeg het helemaal nergens op.

Toen hij haar had teruggebracht besloot hij Claire een bezoek te brengen. Hij wist dat dit waarschijnlijk een afrondend gesprek zou worden. Hij wist ook waarom hij dit wilde regelen.

Hij vond Agneta bijzonder aantrekkelijk. Het interesseerde hem ook waarom ze hier kwam wonen. Ze was duidelijk een sterke persoonlijkheid, zonder vrouwelijke trucjes. Rechtdoorzee. Hij zou haar heel graag beter leren kennen. Maar dat kon niet voor hij zeker wist dat Claire verleden tijd was.

Cedric reed eerst naar het appartement waar Hassan woonde. Deze was blij hem te zien en trakteerde hem op enkele kopjes zeer zoete thee en een aantal nog zoetere snoepjes.

Dan ging Hassan tegenover hem zitten en hij stuurde zijn vrouw met een hoofdbeweging de kamer uit. Hoewel Cedric daar grote moeite mee had, zei hij er niets van. In het begin had hij dat wel gedaan. Maar ook Shahila had hem zo stomverbaasd aangekeken dat hij verder commentaar maar voor zich hield. „Mijn vriend, hoe is het met je onderzoek?" vroeg Hassan nu.

„Het schiet niet op," zei Cedric schouderophalend. „Veel mensen wantrouwen mij. Ik wil nog een keer met Claire praten."

„Ah, Claire. Ze is hier geweest en vroeg naar jou. Mogelijk wilde ze alleen geld. Ze woont weer alleen en ze heeft veel voor zichzelf nodig, dat weet je."

Cedric knikte. „Misschien is ze nu wat redelijker. Mogelijk kan zij zich nog iets herinneren. Of er iemand was die bijvoorbeeld regelmatig bij haar moeder kwam. Ik ga nog eens met haar praten."

„Je wilt haar niet terug."

Cedric zei zo hartgrondig 'nee' dat Hassan zijn wenkbrauwen ophaalde. „Ah, er is iemand anders," zei hij dan.

„Nog niet echt," glimlachte Cedric. „Maar ik wil in elk geval alle contact met Claire definitief verbreken. En jij hebt haar adres."

„Ik weet waar ze woont," zei Hassan, alsof dat iets heel anders was.

Wat later reed Cedric naar de wijk waar Claire nu moest

wonen. Hij parkeerde de auto voor het gebouw en keek omhoog. Het was niet bepaald een luxewijk te noemen. Maar goed, Claire had hier zelf voor gekozen. Even later drukte hij op de bel. De deur werd bijna direct geopend. Zijn ex-vriendin stond op de drempel en staarde hem zwijgend aan. Cedric nam haar in zich op van het steile donkere haar en de grote ringen in haar oren tot de blote voeten met de zwartgelakte teennagels.

„Kunnen we even praten?" vroeg hij.

„Ik zou niet weten waarover," antwoordde ze vijandig.

„Ik ben vrij, Claire. Er is geen enkel bewijs dat ik schuldig ben aan de dood van je moeder."

„Er is ook geen bewijs van het tegendeel, naar ik heb gehoord." Plotseling opende ze de deur wat wijder. „Goed, kom maar even binnen."

Cedric volgde haar en keek rond in de kamer die spaarzaam was gemeubileerd. Dan zei hij: „De meeste van de spullen die bij Hassan staan, mag je hier neerzetten. Ook de televisie."

Haar kennende begreep hij dat ze het toestel zeker miste.

„Ik hoef van jou geen liefdadigheid."

„Ik heb het niet nodig, Claire."

„Hoezo niet? Ga je een wereldreis maken? Volgens mij mogen mensen zoals jij het land niet uit."

„Ik wil die spullen niet meer," zei hij kortaf.

„Oké dan. Enkele zaken wil ik wel hebben," ging ze overstag. Cedric ging nu ongevraagd zitten en Claire nam de stoel tegenover hem. Onwillekeurig kwam de vergelijking met Agneta bij hem op. Vreemd dat hij zoveel interesse had in een totaal ander type. Ooit was hij toch verliefd geweest op Claire. Hij had haar houding van 'wat kan mij de rest van de wereld schelen' bewonderd. Haar onafhankelijkheid. Terwijl het in feite alleen grenzeloze onverschilligheid was tegenover haar medemensen.

„Je staart of je mij nog nooit eerder hebt gezien," zei ze bits.

„Het is ook al een tijd geleden," zei hij. „Ik begreep van Hassan dat je nu weer alleen woont."

„Maar dat betekent nog niet dat er weer plaats is voor jou," zei ze scherp.

„Dat komt ook niet in me op. Maar we hoeven toch niet met ruzie uit elkaar te gaan."

„Ik moet dus alles maar vergeten wat er gebeurd is."

„Dat kun je niet vergeten. Je bent je moeder verloren. Maar ik wil nogmaals met nadruk zeggen, ik heb daar de hand niet in gehad."

„Daar zal ik nooit zeker van zijn. Tenzij iemand anders zich meldt." Ze stak een sigaret op, haar gezicht had een harde uitdrukking.

„Ik probeer zelf een en ander uit te zoeken," zei hij.

„O ja? En weet de politie dat?"

Hij haalde de schouders op. „Ik ben nu vrij. Ik zal niet rusten voor de dader is gevonden. Want al gelooft de politie in mijn onschuld, veel anderen zijn zover nog niet. Zelfs jij niet. Ik kwam je eigenlijk vragen of jij je niets herinnert over mensen die je moeder de laatste tijd bezochten. Heeft ze nooit iets verteld dat er iemand kwam die ze niet kende? Al was het maar een persoon met een collectebus. Het dorp is klein, ze kende iedereen, neem ik aan."

„Weet je, Cedric, ik ben mijn moeder op een afschuwelijke manier verloren. Ik was er stellig van overtuigd dat jij de dader was. Ik haatte je en ik was razend. Ik dacht: waarom overkwam het jouw moeder niet? Zij is toch al nauwelijks meer op deze wereld."

„Dat dacht je niet alleen. Dat zei je ook."

Ze keek voor zich. „Ik kan me niets herinneren over bezoekers waar mijn moeder over vertelde. Of weet je … er was weleens een jongeman die af en toe iets voor haar deed. Een paar boodschappen, even naar de apotheek. Maar zij vertelde dat zo terloops, ik heb er verder niet naar gevraagd. Daar was ook geen enkele reden toe. Ik heb dus geen idee wie dat kan zijn geweest. Ik vond het in elk geval sympathiek."

„Maar de buren, misschien hebben die iets gezien. Misschien deed hij voor hen ook boodschappen."

„Naast mijn moeder woonde een echtpaar. Zij konden voor zichzelf zorgen."

„Heb jij dit ook aan de politie verteld?" vroeg Cedric gespannen.

„Waarom zou ik? Jij was vanaf het begin verdacht."

„Wil je dat hun alsnog vertellen?"

„Nee," antwoordde ze kortaf. „Ik ga geen vage verhalen houden. Waarom zou iemand die medicijnen voor haar haalt, haar om het leven brengen?"

„En waarom zou ik dat doen?"

Ze haalde de schouders op. Cedric stond op. Nog even en ze zouden een enorme ruzie krijgen.

„Je kunt de spullen dus bij Hassan halen. Ik zal hem inlichten."

„En jij gaat verder met je zoektocht," spotte ze.

Hij antwoordde niet. In zijn hart was hij ervan overtuigd dat Claire wist dat hij onschuldig was.

Na een korte groet verliet hij de flat. Even later wierp hij een laatste blik omhoog. Hij zag haar voor het raam staan, wilde groetend zijn hand opsteken, maar bedacht zich. Er was niets meer tussen hen. Het leek erop dat zij het wel best had gevonden dat hij vijf maanden had vastgezeten. Ze had in elk geval geen enkele moeite gedaan om zijn onschuld te bewijzen. Stel nu eens dat Claire meer wist. Stel dat degene die deze misdaad op zijn geweten had haar bedreigde …

Nee, hij moest nuchter blijven denken. Claire zou degene die haar moeder zodanig zwaar letsel had toegebracht dat ze eraan overleed, niet vrij laten rondlopen. Vroeger had ze wel enkele vriendjes die zich op de grens van goed en kwaad bevonden. Maar nee, hij moest niet overdrijven.

Hij zou nu naar Agneta gaan. Met haar zou hij hopelijk rustig kunnen praten. Hij besloot zijn auto bij het begin van het smalle pad te parkeren. Hij was wat te vroeg, hij zou wat rondlopen langs de rand van het smalle bos en door de duinen. Hij wilde niet zo opgefokt bij haar komen. Claire had hem flink boos gemaakt. Hij liep een stuk door de duinen en zette dan koers naar de smalle strook dennenbos.

De wind was krachtig, hij liep daar wat meer beschut. Hij zette zijn kraag op en liep stevig door. Eén keer keek hij achter zich, omdat hij meende iets te horen. Er was echter niets te zien. Wie zou hier ook op deze tijd rondlopen, het begon al te schemeren. Hij kon nu beter teruggaan.

Hij stond stil en keek om zich heen. Alleen het ruisen van de branding was te horen. Hij verlangde ernaar met Agneta bij de open haard te zitten.

De man die achter hem had gelopen, dook nu weg achter een zandheuvel. Wat deed die vent hier? Dit kon niets goeds betekenen. Hij stak zijn neus overal in en praatte voortdurend met allerlei mensen. Deze middag had hij zelf iemand gesproken die zei: „Ik denk dat hij inderdaad onschuldig is. Hij komt eerlijk over." Hij had de man natuurlijk gelijk gegeven.

Maar wat ging hij nu doen? Zijn auto stond beneden bij de trap naar 'Paradis Terrestre' geparkeerd. Wat wilde hij?

De man struikelde half over een knoestige stok. Hij stond stil en keek opnieuw om zich heen. Hij zou snel moeten zijn. Hij pakte het harde stuk hout stevig beet en deed enkele stappen. Voor Cedric zich kon omdraaien, had de ander toegeslagen. Het was een harde klap, vol van woede en frustratie. Cedric zakte zonder ook maar een kik te geven door zijn knieën. Zijn hoofd zakte opzij en hij lag roerloos. De ander keek even op hem neer. Misschien had hij zonder het te willen iemand om zeep geholpen. Hij kende zijn eigen kracht niet, dat was hem al eerder verteld.

Agneta had de open haard aangemaakt, wat kaarsen aangestoken en deze ook weer gedoofd. Anders zou het net lijken of ze een romantisch samenzijn verwachtte. Ze had alles klaargezet voor de koffie en liet het buitenlicht branden. Het duurde lang en ze werd onrustig. Het leek haar niets voor Cedric om zijn afspraak niet na te komen. Af en toe opende ze de deur naar buiten en tuurde de trap af. Er was niets te zien, de wind liet de nog zo goed als kale struiken ritselen. Meeuwen schreeuwden naargeestig. Toen het halftien was geweest nam ze het besluit het pad aan de andere kant van het huis af te lopen. Misschien was hem iets overkomen. Ze wist niet waarom ze daaraan moest denken, maar alles wat er de laatste tijd gebeurd was deed toch zijn invloed gelden. Beneden aan het pad zag ze zijn auto. Met bonzend hart tuurde ze door het raam. De auto was leeg. Enerzijds opgelucht keek ze om zich heen. Hij was dus hier gestopt. Maar wat was er daarna gebeurd? Was hij verder gelopen en gevallen? In elk geval niet op het pad naar haar huis, want dan had ze hem moeten zien. Ze tuurde naar het pad dat omhoogliep naar de bosrand. Waarom zou hij die kant uit gaan? Had hij iemand gezien, een verdacht persoon? Hij was nog steeds met zijn onderzoek bezig. Aarzelend deed ze enkele stappen en bleef dan weer staan. Dit was zinloos. Ze had geen idee waar hij was. Misschien was hij wel ontvoerd door iemand die niet wilde dat hij met dit onderzoek doorging. Zou dat mogelijk zijn?
Eensklaps nam ze een besluit en holde terug naar huis,

haar sleutel in de hand geklemd. Ze zou de politie waarschuwen.

Eenmaal binnen aarzelde ze toch weer. Als er nu eens een eenvoudige verklaring voor was. Dan zou Cedric niet blij zijn dat ze de politie erin had gemengd. Agneta liet het buitenlicht branden en ging opnieuw bij de haard zitten. Het werd later en later, maar ze kon zichzelf er niet toe brengen naar bed te gaan.

Cedric was na geruime tijd weer bijgekomen, maar het duurde even voor hij wist wat er gebeurd was. Voorzichtig ging hij zitten. Hij had een bonzende hoofdpijn. Wat was hem overkomen? Was hij gestruikeld en gevallen? Langzaam ging hij staan. Hij greep zich in het wilde weg vast aan een boomstam. Zijn evenwicht was danig verstoord. Het zou veel tijd kosten om bij Agneta te komen. Daar was hij op weg naartoe, was het eerste wat hem te binnen schoot.

Voorzichtig deed hij enkele passen en stond dan weer stil. Op deze manier zou hij er de hele nacht over doen. Hij keek op zijn horloge. Het was nu al bijna twaalf uur. Hij was dus wel enkele uren buiten bewustzijn geweest. Dan voelde hij zijn mobiel in zijn jaszak. Hij zou Agneta bellen. Want langzaam werd het hem duidelijk: iemand had hem neergeslagen en die persoon kon terugkomen om zijn werk af te maken. Het kostte hem nog moeite zijn gedachten te ordenen, maar dat iemand hem had aangevallen, daarvan was hij inmiddels vrij zeker. Hij leunde tegen de stam van een dennenboom en probeerde bij het licht van zijn horloge Agneta's nummer in te toetsen. Tot zijn grote opluchting nam ze gelijk op.

„Met Cedric. Ik sta hier bij de bosrand. Ik heb een ongelukje gehad."

„Ik kom," zei ze direct. Opgelucht liet Cedric de telefoon weer in zijn zak glijden, strompelde enkele passen verder en bleef weer staan. Hij had op z'n minst een hersenschudding. Stel dat degene die hem dit geflikt had hier nog ergens rondliep en straks Agneta te grazen nam. Hij hield zijn adem in van schrik, zag op hetzelfde moment een lichtstraal in de duinen. Dat moest Agneta wel zijn. Of de overvaller die op zoek was naar zijn slachtoffer.

Hij probeerde te roepen, maar kwam in eerste instantie niet veel verder dan een schor gefluister. Even later lukte het al beter en hij riep haar naam. De lichtbundel zwaaide alle kanten uit en Cedric verhief zijn stem opnieuw.

Hij waagde zich tussen de bomen vandaan en liep voetje voor voetje het pad op naar de duinen. Hij bleef vaak staan en keek om zich heen. Hij moest ook steeds rusten. Het kostte hem moeite zijn hoofd te draaien. Dan zag hij haar in het halfdonker naar zich toe komen. Hij herkende haar lange gestalte en zijn hart bonsde nu niet alleen meer van inspanning.

„Agneta." Hij fluisterde haar naam. Ze was in enkele stappen bij hem en greep op gevoel naar zijn hand.

„Goddank! Wat was ik ongerust. Wat is er gebeurd?"

„Mag ik je dat straks vertellen?"

„Ben je gewond?"

„Min of meer." Ze zei niets meer en legde zijn arm om haar schouders en de hare om zijn middel.

Ze liepen nu naar het huis. Cedric was blij dat hij niet had gekozen voor de achterkant van het huis met de stenen trap. Op deze manier was het al zwaar genoeg. Vaag vroeg hij zich af of zijn aanvaller vanachter een duinhoogte toekeek.

Het kostte veel tijd voor ze eindelijk binnen waren. Agneta hielp hem zijn jas uit te trekken en leidde hem naar een stoel bij de open haard. Hij strekte zijn benen naar het vuur en leunde met gesloten ogen achterover. Hij hoorde Agneta wat rondscharrelen en even later overhandigde ze hem een kop kruidenthee. „Of wil je liever koffie?"

Hij schudde het hoofd, zette de beker haastig neer om zijn hoofd met beide handen vast te houden. Agneta ging tegenover hem zitten en keek bezorgd naar hem. „Zal ik een dokter bellen?" vroeg ze.

„Die zal waarschijnlijk een hersenschudding constateren. Ik ga morgen wel even bij hem langs."

Agneta zei niets. Ze was echter vastbesloten hem niet alleen te laten gaan. „Je kunt misschien beter gaan liggen," stelde ze voor. „Er is een logeerkamer boven."

„Iemand heeft mij neergeslagen," zei hij.

Ze knikte. „Zoiets vermoedde ik al. Zal ik de politie bellen?"

„Morgen," mompelde hij. Agneta begreep dat Cedric tot weinig meer in staat was. Ze hielp hem zo veel mogelijk, hij stond niet erg vast op zijn benen. „Sorry voor alle overlast die ik je bezorg," mompelde hij.

„Je wilde hier toch al komen wonen," glimlachte ze. Ze keken elkaar aan en beiden wisten dat er meer tussen hen was, maar ook dat dit niet het tijdstip was om daarover te praten. Ze hielden elkaars hand even vast, waarop Agneta hem alleen liet. Ze controleerde alle deuren en ramen en liet het buitenlicht branden.

Cedric was neergeslagen. Er liep hier dus nog steeds iemand rond die kwaad wilde. Waarschijnlijk was het dezelfde als die mevrouw Becourt had overvallen. Was het mogelijk dat degene die Cedric had neergeslagen hem wilde uitschakelen omdat hij onderzoek deed? Want zoiets bleef natuurlijk niet geheim. Maar als die persoon nog steeds hier woonde, misschien een gezin had, naar zijn werk ging, hoe was het dan mogelijk dat de politie hem nog steeds niet had ingerekend? Of lieten ze de zaak gewoon maar rusten? In ieder geval zou ze de politie morgen inlichten. Ze hoopte althans dat Cedric niet van gedachten was veranderd.

Agneta was vroeg op, douchte en maakte het ontbijt klaar. Het was nog steeds stil in de logeerkamer. Als Cedric inderdaad een hersenschudding had ... Het schoot haar ineens te binnen dat je mensen die op hun hoofd waren gevallen om het uur moest wakker maken. Of gold dat alleen voor kinderen? Doodstil stond ze even voor zijn kamerdeur. Ze hoorde echt helemaal niets. Stel je voor dat hij in coma was geraakt! Ze opende zachtjes de deur. Hij lag heel stil. Het vroege morgenlicht maakte zijn huid bleek. Hij had niet de moeite genomen om de gordijnen te sluiten.

Op haar tenen liep ze naar het bed. Ze raakte voorzichtig zijn gezicht aan, fluisterde zijn naam. Hij reageerde echter niet. Ze ging op de rand van het bed zitten, terwijl haar ogen zijn gezicht niet loslieten.

„Cedric, word alsjeblieft wakker. Doe me dit niet aan," fluisterde ze. Er viel een traan op zijn wang. Ze veegde hem weg en wilde opstaan, voordat er nog meer zouden volgen. Ineens vlogen zijn ogen open.

„Ik ben weleens op een minder prettige manier wakker gemaakt," zei hij.

„Je was wakker!" beschuldigde ze hem. „Waarom zei je niets?"

„Ik vond je zo lief in je ongerustheid."

Agneta stond op. „Kom je dan nu ontbijten," zei ze kortaf. Ze verliet snel het vertrek. Ze schaamde zich en was tegelijkertijd heel boos dat hij haar zo in verlegenheid had gebracht.

Even later kwam hij binnen. Toen ze zag dat hij zich nog steeds overal aan vasthield, zakte haar boosheid.

„Sorry, ik wilde je niet laten schrikken. Maar ik geef eerlijk toe dat het een prettige gewaarwording is als iemand zich zorgen om je maakt. Dat is mij in lange tijd niet gebeurd."

Ze ging er niet op in en ze ontbeten zwijgend. Ze merkte dat hij bijna niets at, maar ze drong niet aan. „Zal ik nu de dokter bellen?" vroeg ze.

Hij knikte. „Dat lijkt me verstandig. Ook voor als de politie komt. Dan weten we waar we het over hebben." Hij maakte geen aanstalten haar te helpen opruimen en ze begreep dat hij zich bepaald niet fit voelde. Hij ging na het douchen op de bank liggen en Agneta viel hem niet lastig met vragen. Hij zou straks tweemaal zijn verhaal moeten doen, zowel aan de dokter als aan de politie.

De arts was er vrij snel. Hij onderzocht Cedric, controleerde zijn bloeddruk, liet hem lopen, zijn hoofd voorzichtig bewegen en omhoogkijken en kwam tot dezelfde conclusie als Cedric zelf. Een fikse hersenschudding. Een week kalm aan doen en als de duizelingen over waren, voorzichtig weer beginnen met werken.

„De vraag is alleen: hoe komt u aan deze hersenschudding? Als u bent gevallen zonder duidelijke oorzaak, moeten we dat nader onderzoeken." Agneta kon het rappe Frans van de dokter vrij goed volgen.

„Ik kreeg een klap met een hard voorwerp op mijn achterhoofd," zei Cedric nu.

De arts onderzocht Cedrics hoofd en vond een flinke bult. „Een echtelijke ruzie?" vroeg hij Agneta.

Deze kreeg een kleur, vertelde dan dat Cedric buiten in het donker was overvallen.

„Nou, die persoon was bepaald geen vriend van u," zei de arts droog. „Heeft u de politie al ingelicht?"

Toen hij hoorde dat het inmiddels was geregeld, wendde hij zich tot Agneta. „Ik kende uw tante goed," zei hij tot haar verrassing. „Blijft u in haar huis wonen?"

„Voorlopig," knikte Agneta.

„Daar zou ze blij om zijn geweest. Ze hield van deze omgeving. Het was voor haar echt 'Paradis Terrestre'."

„Het is allemaal zo snel gegaan. Ze was nooit ziek," zuchtte Agneta.

De dokter knikte. „Onbegrijpelijk. Maar iets dergelijks

komt vaker voor. De machine kan er ineens mee ophouden."

Agneta liet hem uit. De dokter keek haar aan toen hij zei: „Laat je vriend zich rustig houden. Hij is erg fanatiek met zijn onderzoek bezig. Het is duidelijk dat sommigen dat niet prettig vinden. Door zijn langdurig verblijf in een kleine ruimte is zijn weerstand wat afgenomen, en naar ik vrees ook zijn geduld." Hij knikte haar nog eens toe en even later sloot Agneta de deur achter hem. De dokter wist dus precies wie Cedric was en waar hij zich mee bezighield. Misschien was de politie ook wel op de hoogte. Er bleef hier blijkbaar weinig verborgen.

„Dat wordt dus een week je nergens druk om maken," zei ze plagend toen ze binnenkwam.

„Ik zal proberen je niet tot last te zijn. Het vervelende is dat ik op dit moment alleen een hotelkamer tot mijn beschikking heb. Maar in geval van nood kan ik daar natuurlijk ook rusten."

„Dat is onzin," zei Agneta beslist. „Je kunt natuurlijk hier blijven, maar ik moet morgen werken en dan ben je hier alleen. Stel dat degene die jou dit heeft aangedaan terugkomt."

„Ik betwijfel of hij bij klaarlichte dag zijn gezicht zal laten zien."

Agneta was er echter niet gerust op. Er was hier immers al eerder iemand binnen geweest, en Cedric zou zich niet kunnen verdedigen.

„Ik was gisteren bij Claire," zei hij dan.

„O ja?" Ze hoopte dat dit ongeïnteresseerd klonk, hoewel ze zich wel afvroeg wat hij bij zijn ex-vriendin te zoeken had.

„Ze denkt nog steeds dat ik degene ben die haar moeder die fatale verwonding heeft toegebracht. Geen wonder dat ze niets met mij te maken wil hebben."

„Vind je dat moeilijk?"

„Dat ze geen contact meer wil, maakt me nu niet meer uit. Dat is ook het beste. Maar het zit me wel dwars dat ze mij nog steeds verdenkt. Ze had enige informatie voor me. Dat zal ik in elk geval doorgeven aan de politie."

Agneta had nog veel meer over Claire willen vragen. Het belangrijkste daarvan was of hij nog iets voor haar voelde. Ze vroeg dat natuurlijk niet.

Even later werd er gebeld en stonden er twee agenten op de stoep.

„Er is hier een overval gepleegd," zei een van hen.

Agneta ging hen voor naar de kamer waar Cedric met moeite overeind kwam om hen een hand te geven. Agneta schoof wat kussens achter zijn rug.

„Zo. Vertel eens: wat is er gebeurd? Bent u gewond?"

„Anders zou ik hier niet als een aangeschoten vogel liggen," antwoordde Cedric geprikkeld.

„Wat gebeurde er?" hield de man vol.

„Gisterenavond was ik op weg hierheen en parkeerde mijn auto onder aan de weg, waar hij nog staat, naar ik hoop. Toen besloot ik eerst wat te wandelen."

„Gisterenavond, toen het donker was, besloot u te gaan wandelen," herhaalde de agent.

De ander maakte aantekeningen.

„Er was iets waarover ik wilde nadenken. Ik had me boos gemaakt en wilde kalmer worden."

„Ah. En wat had u dan wel meegemaakt dat u een wandeling nodig had om af te koelen?"

„Dat zijn uw zaken niet. En dat heeft ook niets met deze zaak te maken."

„Ik zou dat graag zelf beslissen," antwoordde de agent kalm. Agneta zag een flikkering van woede in Cedrics ogen. „Weet u wie ik ben?" stelde Cedric een wedervraag.

„Jazeker. U bent degene die verdacht werd van de overval op mevrouw Becourt, een overval met zeer ernstige gevolgen. U bent nu vrij wegens gebrek aan bewijs."

„Goed." Cedric besloot volledig open kaart te spelen. „Gisteren was ik bij mijn ex-vriendin, de dochter van mevrouw Becourt. Zij verdenkt mij nog steeds en dat was de reden dat ik woedend was. Daarom ging ik even wat lopen."

„Wordt u erg snel woedend?" vroeg de agent nu.

„In het algemeen niet. Maar ik kan niet tegen onrecht."

„Goed. U wandelde daar dus in het donker." Het klonk of iemand wel flink gestoord moest zijn om zoiets te doen.

„Veel vertier was er niet, neem ik aan," deed de ander eindelijk zijn mond open.

Cedric negeerde zijn opmerking. „Ik was juist van plan terug te gaan, toen ik iets achter mij hoorde. Voor ik mij had omgedraaid was ik al gevloerd."

„U voelde dus dat iemand u een klap op uw hoofd gaf."

Cedric ging wat rechter zitten. „Het was daar doodstil, maar ik voelde dat er iets achter mij veranderde. Ik was niet meer alleen. Ik hoorde een vaag geluid, wilde me omdraaien en werd op mijn hoofd geraakt. Ik weet niet dat ik viel, maar ik vond mijzelf een hele tijd later liggend op de grond. Ik heb met veel moeite Agneta gebeld. Ik zwabberde of ik dronken was."

„En dat was u niet?"

Agneta legde kalmerend een hand op Cedrics arm. „Hij belde mij en we zijn samen hierheen gekomen," zei ze. „Volgens de dokter heeft hij een zware hersenschudding door een klap op zijn hoofd met een stomp voorwerp." Ze voelde Cedrics arm trillen. Misschien van vermoeidheid, maar het kon ook van woede zijn.

„Verder geen letsel?" vroeg de agent die alles opschreef. Hij hief zijn hand toen Cedric iets wilde zeggen. „Ik doe niets dan mijn werk. Ik stel de vragen die hierbij horen. Ik neem aan dat u ons niet naar de plaats van het delict kunt brengen."

„Hij moet van de week rust houden. Ik kan wel meegaan, ik weet het wel ongeveer," stelde Agneta voor. Dit werd toegestaan en Agneta liep met hen mee, vergat niet de deur op slot te draaien. Ze kon echter alleen de plaats aanwijzen waar ze Cedric had opgehaald. Hij had toen zelf al een aantal meters gelopen, dus het was verder het bos in. Ze kreeg al snel toestemming terug te keren en hoorde nog juist een van de agenten zich afvragen hoe iemand het in zijn hoofd haalde in het donker in het bos te gaan dwalen. Een mens kon bij die wind ook wel een tak op het hoofd krijgen.

„Het is hier de rimboe niet, waar apen met kokosnoten gooien," riep Agneta hen achterna.

De mannen schoten in de lach, maakten een gebaar van 'ga nu maar' en liepen verder het bos in, speurend naar de grond.

Agneta holde de weg terug en vond Cedric rechtop zitten, schrijvend op een blocnote. „Ik heb weer een aardig stukje voor de krant," zei hij toen ze binnenkwam.

„Je mag hen niet beledigen," plaagde Agneta.

„Toen hij zei: ik stel de vragen die erbij horen, wilde ik hem vragen: heeft nog niemand een poging gewaagd om u te wurgen," bromde Cedric.

„Goed dat je dat niet hebt gezegd. Ze denken toch al dat je driftig bent." Cedric mompelde iets en schreef verder.

„Mijn laptop is jammer genoeg in het hotel. Ik ging er gisteren niet van uit dat ik die nodig zou hebben."

„Zal ik hem halen?" bood Agneta aan.

Hij keek haar aan. „Weet je, ik had een heel ander idee toen ik hierheen kwam. Ik wilde … nou ja, het doet er niet toe. Nu heb ik die kerels nog niet ingelicht over hetgeen Claire mij vertelde. Over een jongeman die weleens boodschappen voor haar moeder deed."

„Misschien kun je beter wachten tot je daar meer over weet. Na wat ik nu van de politie heb gehoord en gezien, zullen ze geen haast maken om een en ander na

te trekken. Ik ga nu eerst naar het hotel om wat spullen van je te halen."
Hij knikte. „En ik ga even slapen."

HOOFDSTUK 9

Even later reed ze in haar autootje naar het dorp. Het was een eenvoudig hotel en het enige in dit dorp. Het kostte nog enige moeite voor ze toestemming kreeg Cedrics kamer in te gaan. Uiteindelijk ging de eigenaar met haar mee. Agneta pakte snel wat kleren en toiletspullen en stopte ze in de koffer. Ze liet het meeste hangen, maar nam de laptop mee. „Waarschijnlijk blijft hij een week weg," zei ze nog. Ze betaalde die week vooruit, toen ze de aarzeling van de ander zag. Even dacht ze eraan bij Inge langs te gaan, maar ze zag ervan af. Ze wilde Cedric niet te lang alleen laten. Ze moest morgen echter wel gaan werken, ze kon niet na één dag al vrij nemen. Ze kon Inge vragen om te komen, maar ze dacht niet dat Cedric het op prijs zou stellen als ze een oppas voor hem regelde.

Toen ze thuiskwam, schrok hij wakker uit een lichte slaap. Ze wilde hem de koffer geven, maar hij vroeg haar alleen wat overhemden uit te hangen, de rest kwam wel een keer. Ze ruimde een en ander op, zette de toiletspullen op de wastafel in de logeerkamer. Nu woonde Cedric dus bij haar, dacht ze. En nog steeds wist ze de reden niet waarom hij haar had willen spreken. Het doet er niet toe, had hij gezegd. Terwijl ze de koffer onder het bed wilde schuiven, viel er een foto uit een zijvak. Een foto van een vrouw met steil, zwart haar en een uitdagende blik. Ze bleef er even naar kijken. Dat moest Claire wel zijn. Hij vond haar dus nog zo belangrijk dat hij haar foto bij zich droeg. Ze duwde de foto terug in het vak en gaf de koffer een zetje. Daarmee was de foto uit het zicht, maar niet uit haar gedachten. Cedric was opnieuw in slaap gevallen. Agneta bleef even naar hem kijken. Hij was absoluut een knappe man. Het was een mooi stel, Claire en hij. Maar ze waren geen stel meer. Hij had gezegd dat hij geen contact meer wilde. Het was ook begrijpelijk dat hij haar niet meer wilde zien. Ze verdacht hem ervan dat hij de dood van haar moeder op zijn geweten had.

Plotseling opende hij zijn ogen. „Ik word wakker omdat je naar mij kijkt. Je ogen lijken wel sterren, ze stralen dwars door mijn oogleden heen."

Agneta schoot in de lach. „Het lijkt wel een gedicht."

„Ik krijg dergelijke dichterlijkheden zomaar in mijn hoofd als ik naar jou kijk," glimlachte hij.

Ze ging er niet verder op in. Cedric probeerde later wat te werken op zijn laptop, maar al gauw gingen de letters dansen voor zijn ogen.

„Het is misschien verstandig als je echt rust," meende Agneta. Hij trok een gezicht, maar schoof het tafeltje toch opzij. „Wat zou ik graag een strandwandeling maken," verzuchtte hij.

Het was inderdaad mooi weer. Een stralend blauwe lucht, waarin enkele spierwitte wolken dreven. De wind was echter nog koud. „Ik kan me warm aankleden," ging hij verder.

„Volgende week," zei Agneta, hem streng aankijkend.

Wat later ging ze boodschappen doen en even langs bij Inge. Ze vertelde over haar werk, waar Inge veel belang in stelde. Zijzelf was vrijwilligster in een verpleeghuis. Toen ze vroeg of Agneta al gewend was aarzelde deze even. „Valt Nino je lastig?" vroeg Inge.

„Ik heb Nino al een tijdje niet gezien." Dan vertelde ze wat er met Cedric was gebeurd.

„Er loopt dus nog steeds iemand rond met gewelddadige neigingen," was Inges commentaar. „Het is te hopen dat de politie hem vindt. Maar waarom ging Cedric daar in het donker wandelen?"

„Hij wilde nadenken."

Inge zei niets. Het klonk haar waarschijnlijk vreemd in de oren, maar zij kende de voorgeschiedenis niet. Wist niet van zijn gesprek met Claire.

„In elk geval ligt hij nu bij mij thuis op de bank," zei ze. „Je mag hem graag, begrijp ik."

Agneta knikte. Gelukkig zei Inge er verder niets over. Agneta dronk thee en reed dan met haar boodschappen naar huis. Daar vond ze Cedric alweer bezig met zijn laptop. Alleen zat hij nu aan tafel. Agneta zei er niets meer over. Hij was een volwassen man en ze wilde hem niet betuttelen. Ze ruimde de boodschappen op. Ze zou het beste maar een lichte maaltijd klaarmaken.

Toen de bel ging, dacht ze dat het de politie zou zijn. Ze hebben hem gevonden, schoot het door haar heen. Voor de deur stond niet de politie, maar Nino. Ze keek hem zwijgend aan en vroeg hem niet om binnen te komen. Hij liep echter langs haar heen en ze hoorde hem zeggen: „Ik wou dat Agnes er nog was."

Agneta schoten de tranen in de ogen. Nino zag er zo verdrietig uit en het was natuurlijk waar: hij was zijn rots in de branding kwijt. Maar dat wilde niet zeggen dat zij die taak ging overnemen.

„Ik mis haar ook," zei ze. „Wil je koffie?"

„Ja, graag." Hij volgde haar de keuken in en leunde tegen het aanrecht. „Er loopt een halve politiemacht door de duinen," zei hij dan. „Ik kwam enkele agenten tegen en ze vroegen mij nota bene wat ik daar deed. Nou, ik was ook benieuwd wat zij hier zochten, maar dat wilden ze niet zeggen. Weet jij er iets van?"

„Ja," antwoordde ze kortaf. „Cedric Mitchell ligt in de kamer met een hersenschudding."

„Cedric? Wilden ze hem weer oppakken?"

„Helemaal niet. Hij werd neergeslagen. Ze zijn nu bezig met een sporenonderzoek."

„Neergeslagen? Waarom? En door wie?"

„Er lag jammer genoeg geen briefje bij," antwoordde ze korzelig.

„Nou, ik begrijp anders niet dat je hem hier binnenlaat. Ik zou dat doodeng vinden."

„Dat is dan ook de reden dat jij hier snel weer weg moet," antwoordde Agneta.

„Agnes zou nooit zo tegen mij gedaan hebben. Zij was altijd vriendelijk," mopperde hij.

„Zij heeft je verwend." Agneta liep voor hem uit de kamer in. Cedric was weer op de bank gaan zitten.

„Je hebt een beter hotel uitgezocht dan dat waar je vijf maanden hebt gewoond," zei Nino. „Sorry, een grapje," maakte hij zich ervan af toen hij de woede op Cedrics gezicht zag. „Je hebt een mep op je hoofd gehad, hoorde ik van Agneta. Wie doet zoiets? We zijn hier niet meer veilig. Agnes zei vorig jaar ook een keer dat ze soms een onveilig gevoel had. Daarom wilde ze dat ik in de logeerkamer sliep. Die heb jij nu zeker ingenomen."

„Klopt," antwoordde Agneta. Ze schoof de koffie nog wat dichter naar Nino toe, waarmee ze wilde zeggen dat hij moest opschieten en verdwijnen. Zijn verdriet om tante Agnes leek alweer over. Toneelspel, dacht ze.

Toen de telefoon ging, dacht ze voor de tweede keer: de politie, ze hebben hem gevonden!

Het was echter haar vader. Ze praatten even, haar vader zei dat hij haar miste. Agneta probeerde nog een vraag te formuleren over Katja, toen haar vader zei: „Katja wil per se weer naar je toe komen."

„Zo leuk vond ze het hier toch niet."

„Blijkbaar toch wel. Ze heeft het er iedere dag over. Als jij haar niet kunt hebben, gaat ze in een hotel, zegt ze nu."

„Nou ja, wat een onzin. Maar ik kan haar inderdaad niet hebben. Pa, ik bel je terug. Ik heb nu bezoek." Ze vond dat ze wel wat bot afbrak, maar ze wist even niet wat ze hier nu mee aan moest. Ze keek Nino aan. Ze had zo'n vermoeden waarom Katja wilde terugkomen.

„De vriendin van mijn vader wil hier komen logeren," zei ze.

Er flikkerde even iets in Nino's donkere ogen, dan keek

133

hij naar Cedric. „Katja heet ze. Die heb jij toch ook ontmoet, het liefje van Agneta's vader, en dus haar stiefmoeder." Zijn toon was spottend.

„Het zou weleens kunnen dat ze voor jou terugkomt," zei Agneta, hem nog steeds aankijkend.

„Hè? Ik weet nergens van. Maar als je gelijk hebt voel ik mij vereerd." Hij stond op. „Wees maar aardig voor haar. Voor je vader is ze een buitenkansje."

„Dat betwijfel ik." Agneta liep met hem mee de gang in.

„Voor jou was ze een buitenkansje. Hoeveel geld heeft ze jou gegeven?"

Nino sperde zijn ogen wijd open. „Ik weet nergens van."

„Nou, ik wel. Ik heb je in de gaten." Ze deed de deur met een klap achter hem dicht.

Ze wilde die Katja hier helemaal niet hebben, en zeker niet zonder dat haar vader erbij was. Maar ze kon haar niet verbieden in een hotel te gaan.

Toen ze binnenkwam, legde Cedric zijn boek opzij. „Problemen?"

Ineens wist ze dat hij er voor haar was. Dat hij serieus naar haar zou luisteren.

„Je weet toch wie Katja is?" vroeg ze.

„Jazeker. Ik heb haar hier op een avond gebracht. Zij is de vriendin van je vader."

Ze zuchtte. „Hij had het nooit zover moeten laten komen. Ik denk echt dat ze voor Nino komt. Of voor jou," zei ze, alsof dat laatste haar ineens te binnen schoot.

„Dan kan ze beter blijven waar ze is."

„Ik ga mijn vader even terugbellen. Hij zit duidelijk met de situatie in zijn maag." Haar vader nam direct op, blijkbaar zat hij op haar telefoontje te wachten.

„Hier ben ik weer. Wat is nou precies de reden dat Katja weer hierheen wil komen?" vroeg ze.

Haar vader zuchtte. „Daar is ze niet duidelijk over, maar

ik heb zo mijn vermoedens. Het zal wel om een bepaalde jongeman gaan."

„Heeft ze dat gezegd?"

„Niet met zoveel woorden, maar sinds we terug zijn is ze veranderd. Terwijl ik in het begin een beetje afstand hield, is zij nu degene die zich terugtrekt. De boot afhoudt, als je begrijpt wat ik bedoel."

„Vind je het moeilijk, pa?" vroeg ze met iets van medelijden. Haar vader zou binnenkort weer alleen zijn, dat was wel zeker.

„Ik heb eigenlijk van het begin af aan geweten dat dit niet blijvend zou zijn. Ik denk dat Katja de zaak alleen nog maar aanhoudt omdat het voor haar dan wat gemakkelijker ligt weer naar Frankrijk te vertrekken."

„Goed. Zeg haar dat ze hier niet welkom is," zei Agneta kortaf.

„Ik denk niet dat ik haar kan tegenhouden toch te gaan."

„Dat vrees ik ook."

„Hoe is het nu met jou?" vroeg haar vader dan. Agneta vertelde een en ander over haar werk, maar zweeg over Cedric. Op het laatst vroeg haar vader echter: „Hoe is het nu met die jongeman? Degene die Katja een keer thuisbracht. Hij had vastgezeten. Loopt hij nog steeds vrij rond?"

Agneta keek naar Cedric, die op de bank zat. Haar vader moest eens weten. Ze kon niets zeggen over alles wat hier gebeurde, want hij zou zich vreselijk ongerust maken. Dus zei ze dat ze niets van hem wist, vroeg hem wat hij zoal deed en of hij alweer in de tuin was begonnen.

Nadat ze uiteindelijk de telefoon had neergelegd, slaakte ze een diepe zucht. Een dergelijk gesprek was behoorlijk inspannend. Steeds maar dingen verzwijgen, bepaalde vragen omzeilen. Ze had aan haar vader gemerkt dat hij vermoedde dat ze niet helemaal open kaart speelde.

„Ik wil dat mens hier niet hebben. Maar ze is niet tegen te houden," zei ze.

„Als het ruimtegebrek is, kan ik ook in het hotel gaan. Het gaat alweer wat beter."

„Blijf jij alsjeblieft," zei ze.

Hij keek haar aan en strekte een hand naar haar uit. Ze ging bij hem op de bank zitten en hij legde zijn arm om haar heen. „Er zijn veel dingen die ik zou willen zeggen, maar het is er de tijd nog niet voor. Zolang er geen dader is gevonden van de aanval op Claires moeder ben ik niet echt vrij." Zijn hand streelde haar wang. „Ik zou jou niet willen opschepen met een man met zo'n verleden. En toch ... toch heb jij ook het gevoel dat wij ... wij samen."

Ze glimlachte. Ze was niet gewend dat Cedric naar woorden moest zoeken.

„Ik heb dat gevoel ook. Met of zonder verleden."

„Ik kwam hierheen om je nogmaals te vragen of ik een kamer kon huren. En nu zit ik hier. Dat was vast niet de bedoeling van degene die mij aanviel."

„Je kunt hier zo lang blijven als je wilt," zei Agneta rustig.

„Denk je ook aan de praatjes die zullen ontstaan? Dit dorp komt alles te weten."

„Behalve dan wie degene is die een misdaad heeft gepleegd. Daar komen ze blijkbaar niet achter. Of houden ze elkaar de hand boven het hoofd." Ze stond op. „Praatjes kunnen mij niets schelen. Ik ga koken."

„Laat mij je helpen."

„Kun je wel zo lang staan?" Bezorgd keek ze hem aan.

„Dan ga ik zitten."

Zo kwam het dat Agneta samen met Cedric aan het aanrecht bezig was toen Inge onverwacht binnenkwam. „Sorry, ik loop zomaar binnen. Dat was ik bij Agnes zo

136

gewend," zei ze, blijkbaar verlegen met de situatie.
„Het geeft niet. Blijf je eten?"

„Nee, nee, ik kom alleen even kijken hoe het met Cedric is. Ik ben toch geschrokken van dat verhaal. Het gonst van de geruchten op het dorp. En je vader heeft gebeld. Hij maakte zich ongerust."

„Waarom? Ik heb hem niets verteld. We hebben gewoon wat gepraat."

„Hij had het gevoel dat je iets voor hem verzweeg."

Cedric stond nu op van zijn kruk. „Laten we de kamer ingaan." Toen ze bij elkaar zaten, zei Cedric: „Er doen natuurlijk allerlei geruchten de ronde. Agneta heeft het je al verteld: gisteren was ik op weg hierheen, toen ik een klap op mijn hoofd kreeg. De politie is hier geweest om vragen te stellen en later doorzochten ze de omgeving."

Inge keek verontrust van de een naar de ander. „Ik zei al eerder dat Agnes zich hier soms ook niet helemaal prettig voelde. Denk je dat het dezelfde persoon was die mevrouw Becourt heeft neergestoken?"

„Dat is niet helemaal uit te sluiten," zei Cedric. Ze praatten er nog wat over door en uiteindelijk bleef Inge toch eten. Ze vertelde openhartig over het leven samen met Agnes en zei ook dat er weleens problemen waren, vooral om Nino, en dat ze daarom uiteindelijk apart waren gaan wonen. „Ja, dat ging vooral om Nino," herhaalde ze.

„Nino," zei Cedric langzaam. „Denk je dat hij tot een zware misdaad in staat is?"

„Ik kan het mij niet voorstellen. Ik vermoed dat hij wel in drugs handelt. Dat is natuurlijk ook strafbaar. Maar Agnes kon geen kwaad van hem horen."

Agneta dacht aan het dagboekje, maar ze zei er niets over. Dat bewijs was immers verdwenen.

„Hij is wel opdringerig," zei ze. „Ik heb begrepen dat Agnes daarom later ook moeite met hem had."

„Ze kon zijn charmes maar moeilijk weerstaan," zei Inge nog. „Hij deed ook allerlei karweitjes voor haar. Soms, bij slecht weer, deed hij ook boodschappen."

Cedric keek haar aan en vroeg: „Zou het kunnen dat hij ook werkjes voor Claires moeder deed?"

Inge haalde de schouders.op. „Vergis je niet. Hij is geen sociaal werker. Agnes stopte hem vaak wat geld toe. Niet iedereen heeft zin om voor elk werkje te betalen. Hij is inhalig."

Het werd weer eens duidelijk: Inge mocht Nino absoluut niet.

„Denk je dat hij degene is die jou hier indertijd heeft vastgebonden?" vroeg Cedric verder.

„Dat zou best kunnen. Ik vertrouw die knul al vanaf het begin niet, en ik ken hem nu al een jaar of 6."

Cedric had zelf ook voortdurend het gevoel dat die Nino niet deugde. Maar aan de andere kant: zou men hem dan niet al lang hebben opgepakt? „Is hij nooit verhoord?" vroeg hij later, toen Inge aanstalten maakte om te vertrekken.

„Vast wel. Er zijn in die tijd veel mensen verhoord, maar ze hebben niets belastends kunnen ontdekken. Nino is slim en zijn criminele vriendjes dekken hem vast goed in, anders zou hij hier niet blijven wonen. Hij kan heus wel ergens anders een eenzame vrouw vinden die hem onder haar hoede neemt."

„Inge heeft een ontzettende hekel aan die jongeman," zei Cedric toen ze was vertrokken.

„Ik denk dat het ermee te maken heeft dat Agnes zoveel aandacht aan hem schonk. Ze vertelde toch dat hij een breuk tussen hen veroorzaakte."

Cedric was het met haar eens. Later die avond maakte hij aantekeningen. Hij schreef op wat hij wist en dat was bedroevend weinig. „Ik voel me goed genoeg om morgen naar de krant te gaan," zei hij.

„Het is gisteren nog maar gebeurd," sputterde Agneta. „De dokter zei …"

„Ik genees snel," beweerde hij.

Ze ging er niet verder tegenin, zei alleen: „We zullen maar hopen dat je niemand tegenkomt die kwaad wil, want een gevecht zul je niet kunnen winnen."

„Ik ga in elk geval nu naar bed."

Ze knikte en begon op te ruimen. Ondanks het feit dat Cedric nog niet veel kracht had, voelde ze zich toch veiliger met hem in de buurt.

Toen ze dat zei, lachte hij: „Je voelt je dus prettiger nu ik er ben. Dat is in elk geval iets."

Agneta ging er niet op in. Ze wist wel dat ze zich wat afstandelijk gedroeg, maar deze situatie was ook zo nieuw voor haar. Ze had eerder samengewoond, maar ze herinnerde zich niet dat er tussen haar en Theo ooit die spanning was geweest. Het leek wel of er een soort elektriciteit tussen hen vonkte. Het kwam misschien doordat ze veel samen waren nu hij de deur nog niet uitging. Als hij hier echt woonde zou hij misschien voor zichzelf willen koken. Dan zou een en ander tussen hen wel veranderen. Ze zaten nu zo dicht op elkaar.

„Er gaat weer van alles in je hoofd om," zei Cedric. „Ooit zul je zoveel vertrouwen in mij hebben dat je mij je problemen vertelt. Dat hoop ik althans."

Even later verdween hij naar de logeerkamer. Agneta ging kort daarna ook naar bed.

Toen Inge thuiskwam en ze Nino voor de deur zag staan, wilde ze zich in eerste instantie omdraaien. Er was te veel over hem gepraat, ze vertrouwde hem nu helemaal niet meer. Ze besloot echter dat normale vriendelijkheid nog het beste was. Hij zag er zelf echter niet bepaald vriendelijk uit, zijn gezicht stond nors. Ze kreeg niet eens de gelegenheid te vragen of hij binnenkwam, hij was eerder binnen dan zijzelf. „Kom binnen," zei ze niettemin met enig sarcasme.

Hij draaide zich naar haar om. „Het moet klaar zijn," zei hij kortaf.

Ze liep de kamer in. Hij volgde haar en plofte in een stoel neer.

„Wat is er aan de hand?" vroeg ze.

„Er wordt over mij gepraat."

„Er wordt over zoveel mensen gepraat. Terecht of niet."

„Jij bent degene die over mij praat. Die rondvertelt dat ik in drugs handel. Ik had vanmiddag de politie op mijn dak. Natuurlijk, ze kunnen niets beginnen, maar ze houden mij in de gaten, zeggen ze. Ik wil niet in de gaten worden gehouden. Ik heb niets gedaan."

„Nou, wat maakt het dan uit?" vond Inge achteloos. „Waarom denk je trouwens dat ik dergelijke praatjes verspreid?"

„Al vanaf de eerste keer dat ik bij Agnes kwam had je een hekel aan me en probeerde je mij zwart te maken. Je was jaloers. Ik pik dat niet langer. Je bent gewaarschuwd: ik heb gevaarlijke vrienden."

„Het lijkt me het beste dat je nu vertrekt, voor ik de politie waarschuw," zei Inge uiterlijk kalm, maar inwendig beefde ze.

Hij stond inderdaad op. „Je kunt de politie waarschuwen, maar in hun ogen ben je alleen maar een neurotische lesbo." Hij sloeg de deur achter zich dicht en Inge zakte op een stoel neer. Wat moest ze nu doen? Misschien had Cedric gelijk: misschien had Nino inderdaad een en ander op zijn geweten, maar ze wilde die twee vandaag niet meer storen. Ze kon hen morgen bellen en vertellen wat er gebeurd was. Maar dan zou Cedric misschien stappen kunnen ondernemen en dan zou Nino begrijpen dat zij hem had ingelicht. Ze wilde echter niet voortdurend in angst leven voor die vent. Was Agnes maar nooit met hem in aanraking gekomen.

Agneta viel vrij snel in slaap. Door alle gebeurtenissen van de afgelopen dagen was ze flink moe. Op een gegeven moment schrok ze echter wakker en schoot overeind. Er liep iemand over de gang. Even zat ze roerloos. Ze zou echter actie moeten ondernemen. Ze dacht niet dat Cedric al in staat was een inbreker te overmeesteren.

Onhoorbaar gleed ze haar bed uit en liep op haar tenen naar de deur. Er liep iemand door het huis en die persoon ging nu de kamer binnen. Ze keek in het rond, op zoek naar een wapen, maar zag alleen de zilveren handspiegel van tante Agnes. Het was beter dan niets. Ze opende haar deur en luisterde. Ze kon nu Cedric waarschuwen, maar hij zou er onmiddellijk op af willen gaan. Waarom stond zijn deur trouwens op een kier? Was daar al iemand binnen geweest? Hadden ze hem uitgeschakeld?

De gedachte aan mevrouw Becourt flitste door haar hoofd. Bovendien had Cedric al een klap op zijn hoofd gekregen. De kamerdeur stond halfopen en ze meende iets te horen ritselen. Ze gooide de deur met een klap open en knipte gelijk het licht aan. De gestalte bij de haard draaide zich met een ruk om en Agneta gaf een gil. Het was Cedric.

„Ik schrik me halfdood," bracht ze uit.

„Wat denk je van mij?" reageerde hij boos. „Waarom loop jij hier rond te spoken?"

„Toevallig is dit mijn huis en ik dacht iets te horen en …"

„Stil!"

Ze kneep haar lippen op elkaar en keek hem verontwaardigd aan. Het moest niet gekker worden. Maar hij lette niet op haar en leek aandachtig te luisteren. Ze deed enkele stappen naar hem toe en realiseerde zich dan dat ze alleen een kort T-shirt droeg. Cedric had zijn kamerjas aan.

„Ik wil weten wat er aan de hand is," fluisterde ze.

Hij greep haar hand, trok haar naast zich op de bank en legde als vanzelfsprekend zijn arm om haar heen. „Ik werd wakker doordat ik iets hoorde op de zolder," begon hij.

„Dat heb ik ook weleens gedacht. Nino beweerde dat het ratten zijn. Later heb ik begrepen dat er weleens een eekhoorn op het dak loopt."

Cedric snoof. „Ik kan je verzekeren: dit was geen eekhoorn. Er werd gelopen en met dozen geschoven. Naar mijn weten doen eekhoorns dat niet."

„Maar dat kan helemaal niet, Cedric. Als er iemand naar boven wil, dan moet dat met de schuiftrap. Dat maakt een hoop herrie."

„Je kunt ook over het dak. Er is een tamelijk groot raam."

„Jij denkt dus dat personen de moeite nemen om op het dak te klimmen en door het raam de zolder op gaan. Waarom zouden ze dat doen?"

„Ze verbergen daar iets." Hij hield ineens stil en ook Agneta hoorde beneden een auto starten.

„We zullen de politie moeten waarschuwen," zuchtte ze. Kregen ze weer dezelfde arrogante kerels in huis. „We gaan eerst zelf kijken," zei Cedric.

„Ik moet morgen werken en ik wil niet dat je alleen naar boven gaat," zei Agneta beslist.

„Oké, ik zal wachten tot je thuis bent."

Agneta huiverde plotseling. „Ik heb nooit kunnen denken dat het hier gevaarlijk zou zijn," fluisterde ze.

„Laten we weer naar bed gaan," stelde hij voor. Ze keek hem aan, maar hij knipoogde. „Gewoon samen in een bed liggen. Ik heb geen andere bedoelingen, ik heb je al gezegd dat het daar de tijd niet voor is. Maar ik denk dat we geen van beiden kunnen slapen."

„Goed. Laten we in mijn bed gaan liggen, dat heeft wat meer ruimte," hakte ze de knoop door.

142

Zo gebeurde het. Agneta lag met haar hoofd op Cedrics schouder en viel al snel in slaap. Hoewel Cedric last kreeg van de spieren in zijn schouder bleef hij doodstil liggen. Het was lang geleden dat hij naast een vrouw had geslapen. Natuurlijk, voor zijn gevangenschap was Claire er. Maar dat was al zo gewoon geworden. Hij streelde zachtjes Agneta's arm, maar ze reageerde niet. Ze vertrouwt me volkomen, dacht hij. Ze werd echter al vroeg weer wakker, en toen ze hem naast zich zag liggen, sperde ze haar ogen wijd open. Dan herinnerde ze zich alles weer.

„Ik had niet gedacht dat ik zou kunnen slapen," verbaasde ze zich.

„Je sliep onmiddellijk in. Of je al jaren gewend bent om naast een man te slapen."

„Ik heb het eerder bij de hand gehad," gaf ze toe. „Maar dat is lang geleden." Ze gleed het bed uit. „Nu ik toch zo vroeg ben kan ik misschien even boven kijken."

„Oké, maar we gaan wel samen."

Ze maakten zich klaar en ontbeten. Cedric zei dat hij energie moest hebben. „We weten niet wat we boven zullen aantreffen."

Even later trok Agneta de trap met veel geratel naar beneden. „Die hebben ze in elk geval niet gebruikt gisterenavond," was haar conclusie. Achter elkaar klommen ze naar boven. Het was nog schemerig op de grote zolder. In het midden kon je rechtop staan. Voetje voor voetje liep Cedric over de houten vloer. Er stonden wat kisten en een oude koffer. Er lagen veel oude vergeelde tijdschriften. De meeste ervan waren Nederlands, viel Agneta op. Zou tante Agnes toch heimwee hebben gehad? Of wilde ze gewoon op de hoogte blijven van wat er in haar land gebeurde?

„Tante had hier de ruimte om van alles te bewaren," zei ze.„Wat wil je, Cedric? Al die kisten doorzoeken?"

Hij schudde het hoofd. „Dat laat ik aan de politie over.

Ik wil alleen weten of het mogelijk is om door dat raam naar buiten te verdwijnen." Hij duwde tegen het dakraam, dat verder open kon dan je zou verwachten. „Je zou dan toch hulp moeten hebben. Je moet ergens op staan om erbij te kunnen. En iemand moet je opvangen." Cedric trok een kist naar zich toe. Hij zette hem onder het raam en klom erbovenop. „Ik zou hier doorheen kunnen kruipen. Eenmaal op het dak hoef je alleen de kist nog met een zwaar voorwerp terug te duwen. Kom eens kijken."

Ze klom naast hem op de kist. Het dak was van leisteen, daar kon je gemakkelijk van afglijden.

„We moeten de politie waarschuwen. Als er sporen zijn, moeten ze zo snel mogelijk een onderzoek starten, en niet wachten tot het misschien wel gaat regenen." Hij keek naar de grijze lucht. „Vind je het goed dat ik hen bel? Ga jij gerust naar je werk."

Hoewel Agneta liever thuis was gebleven, vond ze niet dat ze dat kon maken. Ze werkte daar nog maar zo kort. Ze nam afscheid van Cedric, maar hij leek met zijn gedachten ver weg. Was het eigenlijk niet vreemd dat hij zo van alles op de hoogte was? De manier waarop je daar boven iets kon verbergen en ook weer kon weghalen. Stel nu eens dat hij zelf meewerkte aan zaken die het daglicht niet konden verdragen. Cedric had gezegd dat hij blij was dat ze hem zo vertrouwde, maar wat wist ze eigenlijk van hem? Ze wilde zo niet denken, maar haar gedachten gingen hun eigen gang. Waarom wilde hij de politie alleen ontvangen? Waarom wilde hij per se bij haar een kamer huren? Er waren zoveel vragen. Ze moest die vragen aan hem stellen, anders konden ze geen eerlijke verhouding hebben.

HOOFDSTUK 10

Cedric ontving de politie een uur later. Het waren anderen dan de vorige keer, maar in het begin waren ze even sceptisch. Cedric hield het voorlopig alleen bij het feit dat hij die nacht iets op de zolder had gehoord en dat hij zich afvroeg of er op de zolder iets was verborgen. Als zij de zolder wilden onderzoeken op sporen zou dat misschien iets opleveren.

„U denkt aan drugs?" vroeg een van hen scherp. „Hoe komt u op die gedachte? We weten dat er iets gaande is, maar wij hebben nog nooit ergens de vinger op kunnen leggen ... En nu zou u ons zomaar naar de plaats toe leiden waar iets dergelijks wordt verborgen?"

„Er is hier van alles gebeurd. Er is twee keer ingebroken. Ik ben neergeslagen toen ik op weg hier naartoe was. Ook Agneta heeft weleens iets gehoord, maar zij dacht aan een eekhoorn."

„Agneta is degene die hier woont. Zij is een vriendin van u?" vroeg een van de agenten.

„In zekere zin," antwoordde Cedric aarzelend.

De agent haalde de wenkbrauwen op.

„Dat is toch van geen enkel belang," voegde Cedric er nog aan toe. „Zal ik u wijzen hoe u boven komt?" De mannen keken elkaar aan, maar volgden hem toch.

Toen Cedric de trap naar beneden haalde, zei de ene: „U bent weer helemaal hersteld van de klap op uw hoofd." Cedric, bij wie het zweet inmiddels op zijn gezicht parelde, zei kortaf: „Het is ook alweer een paar dagen geleden." Hij liet hen voorgaan de trap op. De twee mannen liepen eerst wat rond en schoven met enkele kisten. Dan liet een van hen zich op zijn knieën zakken en onderzocht de vloer. De ander bestudeerde het raam aan alle kanten. Cedric was op een van de kisten gaan zitten en zag hoe de agent op de vloer iets in een plastic zakje veegde.

„Hebt u iets gevonden?" vroeg hij gretig.

De man hield het zakje omhoog, met daarin wat wit poeder vermengd met stof. „Niet erg overtuigend, wel? Voor hetzelfde geld is het meel. Vroeger bewaarde men meel om brood te bakken op zolder. Een kelder was daarvoor veel te vochtig."

„Dan zou dit er dus al jaren moeten liggen," zei Cedric ongelovig.

De ander haalde de schouders op. „Zou kunnen."

Dan klom een agent met hulp van de ander op het dak en hij liet zich naar beneden glijden. Hij keek in de goot, raapte iets op en stak dat in zijn zak. De man kwam langs dezelfde weg terug.

„Ze hebben op z'n minst een ladder gehad om beneden te komen," zei hij. Zelf belandde hij met een lenige sprong op de zolder. Hij wendde zich tot Cedric. „Als u onmiddellijk was gaan kijken toen u iets hoorde, had u waarschijnlijk met hen kunnen kennismaken. Waarom bleef u beneden? Was u bang?"

„Ik wist niet direct waar het geluid vandaan kwam. Daarbij aarzelde ik om de held te gaan spelen. Ik had al een klap op mijn hoofd gehad."

De man antwoordde niet. Cedric voelde dat ze hem nog steeds niet vertrouwden. Beneden stelden ze hem nog enkele vragen, verdwenen dan met de opmerking dat hij hen moest inlichten als er nog iets bijzonders gebeurde.

Cedric liet hen uit en begon even later te werken. Hij had al enkele columns klaar en mailde deze door aan de redactie. Hij meldde erbij dat hij waarschijnlijk deze week weer naar kantoor kwam.

Agneta had een drukke dag. Er waren enkele nieuwe patiënten en dat kostte altijd wat meer tijd. Toen ze halverwege de middag koffiedronk met een collega, zei deze: „We zijn er eentje kwijt."

146

Niet-begrijpend keek Agneta haar aan. Bedoelde ze dat er iemand was overleden?

„Het gebeurt wel meer," zei de ander, rustig van haar koffie drinkend. „Maar ik ga straks toch even zoeken. Soms is ze niet helemaal helder. Je kent haar wel, mevrouw Mitchell."

„Cedrics moeder. Wat is er dan met haar?"

„Ze praat al de hele week over haar zoon, zegt dat ze hem al zo lang niet heeft gezien."

Ach, ze wist dus heel goed dat Cedric haar regelmatig kwam bezoeken. Ze had hem van de week gemist.

„Haar zoon heeft een ongelukje gehad, maar ik denk dat hij deze week wel weer langskomt."

„Vanmorgen zei ze dat hij vandaag zou komen voor een wandeling. Daarom sloeg ik niet direct alarm. Je denkt dus dat hij niet is geweest, haar zoon bedoel ik."

„Ik weet wel zeker van niet," zei Agneta beslist.

„Dan moeten we zoeken," zei de ander opstaand.

„Ik zal Cedric direct bellen," zei Agneta, zich niet bekommerend om de verbaasde blik van de ander. Toen hij zich meldde, vroeg ze: „Cedric, ben je in staat om hierheen te komen?"

„Wat is er aan de hand?"

„Misschien helemaal niets, maar je moeder is weg."

„Ik kom," zei hij zonder verder vragen te stellen.

„Ik geef het door," zei haar collega. „Er wacht een patiënt op mij, maar er is vast nog wel iemand die zich vrij kan maken."

Agneta knikte. Ook op haar wachtte een patiënt. In elk geval zou er nu naar mevrouw Mitchell worden gezocht. Misschien had een ander familielid haar opgehaald.

Het zou wel even duren voor Cedric er was. Ze was juist met een behandeling gestopt, toen hij aanklopte. „Is ze nog niet gevonden?" vroeg hij.

„Ik weet het niet, maar het is middagpauze, ik heb nu

even tijd. Laten we gaan zoeken."

Hij liep met haar mee. Toen ze vroeg naar eventuele andere familieleden schudde hij het hoofd. „Ik ben de enige. Ik dacht trouwens dat het nauwelijks tot haar doordringt als ik er ben."

„In elk geval weet ze het heel goed als je niet komt." Ze haastten zich naar de receptie. Toen Agneta naar Cedrics moeder vroeg, knikte het meisje. „Ze is naar de ziekenboeg. Ze stond in haar rolstoel bij de vijver. Ze had geen jas aan, dus ze heeft een flinke ondertemperatuur."

„Bij de vijver? Wat deed ze daar? Ze had wel kunnen verdrinken!" verhief Cedric zijn stem.

Op dat moment opende de directrice haar kamerdeur en ze wenkte hen. „Kom mee," zei Cedric toen hij Agneta zag aarzelen. De vrouw keek haar even aan, maar zei er niets van.

„Als dit vaker gebeurt zullen we uw moeder moeten opsluiten," was haar eerste opmerking.

„U weet heel goed dat ze er niet alleen vandoor is gegaan," zei Cedric strak. „Ze kan alleen onmogelijk die rolstoel hanteren."

„Als mensen iets graag willen kunnen ze veel," was het antwoord.

„Kan ik naar haar toe?" vroeg Cedric.

„Natuurlijk. Ze heeft het al de hele week over u."

Vond ze het nodig Cedric een schuldgevoel te bezorgen, dacht Agneta boos.

„De zuster die haar gevonden heeft, zal u bij haar brengen."

De betreffende zuster was al wat ouder en lachte hen geruststellend toe. „Ze redt het wel. Haar temperatuur is alweer bijna normaal."

„Weet u dat de rolstoel niet op de rem stond?" zei de directrice nog. „Ze had zo het water in kunnen rijden."

Agneta huiverde en greep Cedrics hand. Terwijl ze met

de zuster meeliepen, zei deze: „Iemand is met uw moeder gaan rijden. Het meisje dat hen heeft gezien dacht dat u het was. Het was een man in een lange, zwarte jas. Zoiets als u nu draagt."

„Ik was het niet. We moeten de politie inschakelen," zei Cedric.

„Laten we nog even wachten. Misschien kan uw moeder zelf wat vertellen. Ze is soms heel helder." De zuster opende een deur en keek om de hoek.

„Kijk eens aan, u ziet er alweer strijdvaardig uit," zei ze. Met een handgebaar noodde ze hen binnen.

Cedrics moeder zat half rechtop, haar ogen stonden opmerkelijk helder. „Waar bleef je zo lang?" vroeg ze verontwaardigd.

Cedric boog zich over haar heen en drukte een kus op haar wang. „Wat heb je nu uitgehaald?" vroeg hij.

„Ze hebben iets met mij uitgehaald. Ik dacht dat jij met mij kwam wandelen, maar jij was het niet. Volgens mij heb ik maar één zoon."

Net toen Agneta dacht: de kou heeft haar hoofd helder gemaakt, zei mevrouw Mitchell: „Dat meisje dat je bij je hebt, is dat je vrouw?"

„Nee, moeder. Zij is een goede vriendin van mij."

„Nou, laat haar niet lopen." Ze knipoogde naar Agneta, die in de lach schoot. Toen ze later vertrokken, zei ze: „Ze moet jou al die maanden dat je vastzat toch ook wel hebben gemist."

„Ik mocht één keer per week bij haar op bezoek. Onder begeleiding weliswaar, maar toch. Maar ik zou weleens willen weten wie dit op zijn geweten heeft. Dit had net zo goed fataal kunnen aflopen."

„Waarom zou iemand zoiets doen?" vroeg Agneta zich af.

„Om mij dwars te zitten. Misschien iemand die weet dat de politie op zoek is naar drugs. Dat ze hen door ons toedoen op het spoor zijn."

Agneta zei niets. Opnieuw was de zwarte jas komen opdagen. Degene die Inge had overvallen had ook een dergelijke jas gedragen. „Ik heb het gevoel dat wij in een slechte film terecht zijn gekomen," zuchtte Agneta.

De dag daarop was een prachtige voorjaarsdag en Agnes en Cedric besloten na het werk een strandwandeling te maken. Het zand voelde al warm onder hun blote voeten. De zee brak kleine golfjes op het strand en trok zich weer terug. Er speelden wat kinderen. Een oudere vrouw, waarschijnlijk hun oma, hield hen in het oog. Vanaf de plaats waar ze liepen konden ze 'Paradis Terrestre' zien liggen. Het huis leek onwrikbaar daar op de uitstekende rots.

„Die lui kunnen naar het strand zijn afgedaald," zei Cedric. „Ze kunnen hun spullen ergens in een van de grotten hebben verborgen. Of begraven hebben in de duinen."

Agneta zuchtte. „Vind je het goed als we er vandaag niet over praten?"

Cedric bleef staan en hield zijn handen op haar schouders. „Je hebt gelijk. Het beheerst mij te veel. Zullen we nu eens aan elkaar denken?" Hij trok haar naar zich toe en kuste haar. Agneta klemde zich aan hem vast alsof ze bang was dat hij in het niets zou verdwijnen. „Dit heb ik al zo lang willen doen," zei Cedric toen ze elkaar eindelijk loslieten. Het kwam er zo hartgrondig uit dat Agneta in de lach schoot.

„Toen ik jou voor de eerste keer zag in die crêperie dacht ik al: wat heeft zij mooie ogen. En nu ken ik je al zoveel beter. Je hebt moed. Ik weet dat jij je zomaar niet bang laat maken, anders was je allang terug naar Nederland."

„Ik laat me niet wegsturen," zei ze koppig. „Vanaf het begin is iemand stelselmatig bezig mij bang te maken.

En jij bent hier duidelijk ook niet welkom. Dat schept wel een band."

„Is dat het enige?" vroeg hij quasiverontwaardigd.

„Zo bedoel ik het niet, maar wij zijn beiden bezig de waarheid boven tafel te krijgen. Jij zult niet rusten voor je weet wie degene is die jou in de gevangenis deed belanden. En ik wil erachter komen wie steeds onrust zaait in de buurt van mijn huis. Wie er heeft ingebroken en Inge heeft vastgebonden. En we zullen erachter komen!" besloot ze.

Hij bleef haar aankijken. „En als wij er dan achter zijn, gaan we dan weer ieder een kant uit?"

Agneta wachtte even en hij zag het lachje in haar ogen. Hij moest zich bedwingen haar niet opnieuw naar zich toe te trekken. „We kunnen ook verdergaan met datgene waar we daarnet mee bezig waren," zei ze dan. Ze holde voor hem uit, maar hij had haar al snel ingehaald. Lachend stoeiden ze op het strand en Agneta dacht: kon het maar altijd zo zijn, zonder al die problemen.

Maar toen ze terug waren bij 'Paradis Terrestre' diende het volgende probleem zich alweer aan. Op de stoep zat Katja. Ze had een flinke koffer naast zich staan. Ze was dus van plan langere tijd te blijven, was het eerste wat Agneta dacht.

Cedric liet haar hand niet los, ook niet toen ze vlak voor haar stonden. Katja stond op.

„Je hebt vast wel van Bert gehoord dat ik kom logeren," zei ze zonder hen te begroeten.

Ze zag er nerveus en gespannen uit, vond Agneta. „Kom even binnen," zei ze, met de nadruk op dat 'even'. Katja greep haar koffer en weerde Cedric, die hem van haar over wilde nemen, af.

„Zal ik koffiezetten?"Agneta wilde even iets te doen hebben. Ze wist niet goed hoe ze dit aan moest pakken.

„Graag. Wat een reis. Ik ben met mijn oude wagentje, Bert wilde zijn auto niet geven."

„Nee, die heeft hij zelf nodig," zei Agneta.

Toen ze in de kamer zaten, met de deuren naar het teras wijd open, vroeg Cedric: „Kom je hier vakantie houden?"

„Ik wilde hier nog eens rondkijken," was het weinigzeggende antwoord. „Kan ik hier slapen?"

„Dat zou wel kunnen, maar ik heb het liever niet," antwoordde Agneta prompt.

„Je woont hier nu met hem samen?" Katja maakte een hoofdbeweging naar Cedric.

„Niet echt. Maar wat kom jij hier doen? Ik vind dit allemaal nogal vreemd."

„Ik kan het ook aan Inge vragen," opperde Katja.

„Je kent Inge helemaal niet."

„Je vader zei dat zij waarschijnlijk wel plaats had."

„Kom je hierheen voor een man?" vroeg Cedric plotseling.

Katja friemelde met haar vingers. Af en toe wierp ze een blik op haar koffer, alsof ze bang was dat die weg zou lopen.

„Je vader is eigenlijk toch te oud voor mij," wendde ze zich tot Agneta. „En er is hier een man …"

„Waar je halsoverkop verliefd op bent geworden," veronderstelde Cedric.

Ze keek wat verlegen voor zich. „Hij is geen moment meer uit mijn gedachten geweest. We sms'ten en belden elkaar en hij vroeg mij te komen. Je moet het geluk grijpen als het op je pad komt," voegde ze er nog aan toe.

„Dat is zo, maar ik betwijfel of Nino le Fèvre degene is die je geluk zal brengen," zei Agneta.

„Ja, hij zei al dat je hem niet mocht. Maar Nino wil zijn leven een andere wending geven. Hij wil een eigen zaak opzetten met Hollandse specialiteiten, zoals stroopwafels en souvenirs van Delfts Blauw …"

Agneta schoot hardop in de lach. „En zit dat in die koffer?"

Katja knikte. „Het is in elk geval een begin."
Cedric wierp Agneta een blik toe. Had haar vader niet gezegd dat Katja vreselijk naïef was? „Zou je dat ding niet eens openmaken om te zien of er werkelijk stroopwafels in zitten?" zei Cedric.

„Het is allemaal heel goed ingepakt," zei Katja opstaand. „Maar als ik hier niet terechtkan, wil je mij dan het adres van Inge geven?"

„En als zij jou ook niet kan hebben?" vroeg Agneta.

„Later vanavond zie ik Nino. Dan weet hij er wel iets op," zei ze vol vertrouwen.

Agneta maakte een soort plattegrondje en gaf het haar. „Wees voorzichtig," zei ze, terwijl ze haar uitliet.

Weer terug in de kamer keken ze elkaar aan. „Hebben we nu te maken met een drugskoerier?" vroeg Agneta zich af.

„Dat zou heel goed kunnen. Ik denk dat we de politie moeten waarschuwen."

Agneta beet op haar lip. De politie inschakelen was toch wel heftig. Katja was bovendien nog steeds de vriendin van haar vader, ook al duurde die relatie waarschijnlijk niet lang meer.

„Maar wat als we ons vergissen?" aarzelde ze. „Als Nino werkelijk een zaakje wil beginnen? Deze zomer op het strand, bijvoorbeeld. Er zijn ook altijd veel Afrikanen die proberen op het strand spullen te verkopen. Als we ongelijk hebben, zal de politie ons helemaal niet meer serieus nemen."

„Misschien moeten we nog even afwachten," gaf Cedric toe. „Ik zou Inge maar even bellen." Er werd echter niet opgenomen.

„Wat zal Katja doen als Inge niet thuis is?" vroeg Agneta zich nu af.

„Ze is een volwassen vrouw," vond Cedric. „En ze ziet er niet bepaald hulpeloos uit."

Inge kwam echter juist thuis toen Katja de auto parkeerde. Inge bleef staan en zag tot haar verbazing dat Katja de koffer uit de auto sleepte en naar haar toe kwam.

„Ik ben Katja," zei ze eenvoudig.

„Ik weet wie je bent. Ik zag je een keer met Bert. Wat kom je doen?"

„Wat zijn jullie allemaal vreselijk ongastvrij!" verzuchtte Katja. „Ik was bij Agneta en zij stuurde mij gewoon weg, maar ze gaf me wel jouw adres."

„Loop maar even mee." Inge keek wantrouwend naar de koffer en haalde haar wenkbrauwen op toen de ander het ding meesleepte en naast haar stoel zette.

„Je kijkt of je bang bent dat er een bom in zit," reageerde Katja. „Het zijn spullen voor Nino die ik in Amsterdam heb opgehaald."

„Aha," was het enige wat Inge hierop zei.

Katja strekte haar benen, keek rond en zei: „Leuk huisje heb je, maar het haalt het natuurlijk niet bij 'Paradis Terrestre'. Scheepte Agnes jou hiermee af, terwijl haar nichtje dat grote huis kreeg?"

„Ik zou daar nooit willen wonen," was het antwoord. „En wees gerust, ik ben voldoende gecompenseerd."

„Je hebt dus veel geld geërfd," meende Katja te begrijpen.

Inge fronste de wenkbrauwen. „Dat zijn jouw zaken niet. Je kunt hier vannacht blijven, maar dan wil ik dat je iets anders zoekt."

„O, dat zal wel lukken. Ik zou Nino vanavond in het café zien. Mag ik die koffer zolang hier laten?"

„Dat zou ik niet doen. Ik weet wel zeker dat Nino zijn spullen direct wil hebben."

„Nou goed, ik zet hem wel in de auto. Ik herinner mij dat je niet dichtbij het restaurant kunt parkeren en ik ga echt niet met die koffer door het dorp lopen sjouwen."

„Dat zou ik ook niet doen," zei Inge voor de tweede

keer. „Je hebt kans dat je wordt opgepakt. Ze zijn namelijk op zoek naar mannen die drugs verhandelen en deze verkopen aan jongeren."

Katja staarde haar met grote ogen aan. „Maar ik ..." begon ze.

„Wil je misschien iets eten voor je gaat?" vroeg Inge onverstoorbaar. Katja leek voor even sprakeloos en Inge besloot toch maar iets klaar te maken. Ze had een beetje met de jonge vrouw te doen. Ze leek helemaal niet te weten met wat voor type zij zich had ingelaten. Zijzelf verdacht Nino intussen toch van allerlei criminele activiteiten. Ze was dan ook van plan de politie te waarschuwen, maar eigenlijk wilde ze Katja er niet in betrekken. Zij leek van niets te weten. Inge had echter het sterke vermoeden dat Katja in die koffer geen onschuldige spullen vervoerde.

Wat later zette ze Katja een kop soep met stokbrood voor. „Ben je nog steeds met Bert?" vroeg ze.

„Nou, ik ... ik ben hier eigenlijk vanwege Nino, maar dat heb ik Bert niet verteld. Als ik hier blijf kan ik hem altijd bellen."

„Hier blijven? Je bedoelt bij Nino? Meisje toch. Hij is een mooie jongen, maar hij deugt niet. Ik houd hem al een tijdje in de gaten, en hij mij, vrees ik."

Katja antwoordde niet. Ze wilde niet geloven dat de jongen met die bijzondere donkere ogen, waar ze halsoverkop verliefd op was geworden, niet deugde.

Inge had misschien wel gehoopt dat hij bij haar zou komen nu Agnes er niet meer was. Hij was als een zoon voor Agnes geweest, had hij verteld. En Inge was natuurlijk ook maar alleen.

Ze at snel haar soep op en stond al vlug weer in de gang met haar koffer.

„Verwacht Nino jou om deze tijd?" vroeg Inge.

„We hebben afgesproken," antwoordde de jonge vrouw kortaf. Inge keek haar even na, maar hielp haar niet om de koffer in de auto te zetten. Als er echt in zat wat ze dacht dat het was, dan was ze misschien wel medeplichtig als ze dat ding alleen maar aanraakte.

Ze ging terug naar binnen en sloot de deur zorgvuldig. Er gebeurde op dit moment van alles in het dorp. Het gonsde van de geruchten. Men zei dat de politie een groep jongeren in het oog hield en wachtte tot ze hen op heterdaad konden betrappen. Men zei dat alles wat er gebeurd was dan misschien opgelost zou worden. Het neersteken van mevrouw Becourt. De inbraken. Cedric die was neergeslagen. Inge hoopte het van harte, want langzamerhand voelde ze zich steeds onveiliger.

HOOFDSTUK 11

Katja kwam het café binnen en trok onmiddellijk alle aandacht naar zich toe met haar hoogblonde haar, korte rok en hooggehakte schoenen. Ze bleef aarzelend bij de deur staan. „Zoek je iemand?" vroeg een van de mannen aan de bar.

„Ik kom voor Nino le Fèvre."

„Aha. Hij is even weg, maar komt zo weer terug."

Even later verscheen Nino inderdaad. Hij kwam naar haar toe en greep haar arm. „Laten we hier weggaan," zei hij alleen.

Katja liet zich naar buiten manoeuvreren. Ze had wel een andere begroeting verwacht, als ze dacht aan zijn telefoontjes en hoe hij had gezegd dat hij naar haar komst uitkeek. Maar misschien hield hij zich in vanwege zijn vrienden. Toen ze buiten waren hield hij haar nog steeds vast. „Waar zijn de spullen?" vroeg hij.

„In de auto."

„En waar is je auto?"

„Hier vlakbij."

„Goed, we gaan nu een eindje rijden." Katja rukte zich los. Half in het Frans, half in het Nederlands viel ze uit: „Ik kom helemaal uit Amsterdam met een koffer vol verdachte spullen. Kun jij me tenminste fatsoenlijk begroeten? Ik heb overal mijn komst moeten verklaren. Men vroeg steeds wat er in die koffer zat."

Met een ruk bleef Nino staan. „En wat heb je gezegd?"

„Stroopwafels," snauwde ze hem toe, om te vervolgen: „Maar dat gelooft niemand. Je wordt verdacht, Nino."

Ze waren nu bij de auto en hij hield zijn hand op voor de sleutels. Katja, die haar droom van een leven met deze mooie jongen in duigen zag vallen, weigerde echter.

„Ik weet niet waar je naartoe wilt, maar ik rijd." Ze zag de woede in zijn ogen, maar zelf was ze niet minder kwaad. Hij had haar gebruikt voor een of ander louche zaakje en zij was er zo ingetuind.

„Geef mij de sleutels," zei hij opeens vriendelijk. „Jij weet de weg niet, zeker niet in het donker. Als ik de spullen een plaatsje heb gegeven, hebben we tijd voor elkaar."

Ze keek hem wantrouwend aan. Hij strekte glimlachend zijn hand uit en ze legde de sleutels erin. In enkele stappen was ze bij de auto en ze zat erin voor hij had gestart. Ze had zomaar het gevoel dat hij zou wegrijden en haar hier zou laten staan. Dat zou ze niet laten gebeuren.

Toen ze op weg waren, zei ze: „Ik weet niet wat je allemaal uitspookt en ik wil het ook niet weten, maar ze zijn je op het spoor. Je wordt ergens van verdacht."

„Ik ben een persoon zonder vaste woon- of verblijfplaats. Daardoor ben ik altijd verdacht," zei hij schouderophalend.

Ze reden langs de kustweg tot waar de duinen overgingen in rotsen. Uiteindelijk parkeerde Nino de auto onder een overhangend rotsblok. „Blijf jij maar hier," zei hij.

„Ik denk er niet aan," zei Katja koppig. Even keek hij haar richting uit.

„Je moet het zelf weten, maar meegaan is niet verstandig." Dit leek wel een bedreiging, maar Katja was niet van plan zich te laten intimideren. Terwijl Nino afdaalde naar het strand, zo snel als mogelijk was met de koffer, volgde Katja hem op de voet. Ze was er intussen wel van overtuigd dat de koffer geen Hollandse souvenirs bevatte. Degene die haar de koffer had overhandigd was overigens een keurig geklede jongeman geweest. Ze had geen enkele argwaan gekoesterd.

Het was natuurlijk naïef te veronderstellen dat iemand die er netjes uitzag zonder meer te vertrouwen was. Wat zou Bert van dit avontuur zeggen? Waarschijnlijk zou hij haar nooit meer willen zien als hij erachter kwam dat haar werkelijke reden om naar Normandië te gaan deze knappe jongeman was.

Zo piekerend liep ze gestaag achter Nino aan. Haar schoenen had ze inmiddels al uitgeschopt.

Eensklaps hoorde ze iets wat boven het geruis van de branding uit kwam. Stemmen! Nino begon nog sneller te lopen, hij keek niet of zij wel volgde. Katja liep niet bepaald gemakkelijk, schelpen en steentjes verwondden haar voeten. Toch stond ze geen enkele keer stil. Als Nino achter een rots verdween, was ze hem kwijt. Ze vroeg zich af of ze zich verbeeldde dat het water dichterbij kwam. Toen ze plotseling bij haar arm werd gegrepen, slaakte ze een kreet en begon wild om zich heen te slaan. Nino stond met een ruk stil, kwam dan terug.

„Houd je kop," beet hij haar in het Nederlands toe. En tot degene die haar vast had: „Laat haar los, zij is oké." Ik ben helemaal niet oké, dacht Katja. Zo gauw ik hier vandaan ben, waarschuw ik de politie.

Er kwamen nog twee mannen hun richting uit. Alle drie droegen ze een lange, zwarte jas en een bivakmuts. Nino gaf de koffer aan een van hen, die snel verder liep en even later tussen de rotsen verdween. Katja vroeg zich af of ze deze plaats bij daglicht zou kunnen terugvinden. Misschien moest ze schelpen rapen en op de terugweg, evenals Klein Duimpje, om de paar meter een schelp laten vallen. Die kans deed zich echter niet voor.

„Wat doen we met haar?" vroeg een van de mannen.

„Terug laten gaan naar Nederland," zei Nino prompt.

„Ben je gek, man? Hoeveel mensen hebben haar met die koffer gezien? En wat gaat ze rondvertellen als we haar laten gaan?" Terwijl de ene man haar nog steeds vasthield, gingen de anderen wat verderaf staan om te overleggen. Katja hoorde Nino af en toe protesteren en werd nu echt bang. Even later liepen ze nog wat verder het strand op met Katja tussen hen in. Toen ze bij een inham tussen de rotsen bleven staan, begreep Katja het. Ze waren van plan haar hier achter te laten.

Inderdaad duwden ze haar tussen de rotsen en juist toen Katja dacht: ik zal hier tegenop moeten klimmen, begonnen ze een rotsblok voor de ingang te rollen. Zouden ze haar hier achterlaten om te verdrinken? Het zand onder haar voeten was vochtig. Toen begon ze te schreeuwen.

Op hetzelfde moment hoorde ze Nino fluisteren: „Niet doen. Ik kom terug."

Katja zweeg abrupt. Nino was dus niet meer dan een werktuig van hen. Hij was geen misdadiger. Misschien voelde hij toch iets voor haar. Als hij haar kwam redden zou ze dat zeker aan de politie melden als verzachtende omstandigheid.

Toen ze de stemmen steeds verder weg hoorde tot er niets meer was dan het geluid van de branding, was het met haar flinkheid ook gedaan. Wat als Nino te laat terugkwam, of helemaal niet terugkwam omdat de anderen hem tegenhielden? Dan zou ze hier verdrinken.

Ze had echt niet de illusie dat Agneta of Inge een zoekactie op touw zouden zetten. Ze duwde tegen het rotsblok, maar dat had geen enkele zin. Met drie man hadden ze het bijna niet van zijn plaats gekregen. Er was een smalle kier tussen de rotsen, maar daar kon een volwassen mens niet doorheen. Wat was ze begonnen door zo impulsief naar Frankrijk af te reizen met waarschijnlijk een koffer vol drugs? Langzaam begonnen de tranen te vloeien. Waarom was ze niet bij Bert gebleven? Hij was zo betrouwbaar en vriendelijk. Maar nee, ze wilde avontuur. Dat had ze nu en waarschijnlijk kostte het haar leven. Die tranen losten in ieder geval niets op. Stommeling die ze was. Grote stommeling!

„Ik vraag me af of Katja heeft gevonden wat ze zocht. Nino, bedoel ik," zei Agneta.

„Ik geloof niet dat ze enig idee had waarvoor ze werd gebruikt." Cedric trommelde met zijn vingers op tafel. „Het zit me niet lekker. Katja is in feite onschuldig. Maar degenen waarmee ze in aanraking komt zijn dat niet. Ik geloof echt niet dat Nino de leider is van een groep criminelen. Hij wordt waarschijnlijk ook gebruikt. Maar dergelijke lui aarzelen niet om geweld te gebruiken."

„Wat moeten we doen?" vroeg Agneta zich bezorgd af. „Ik heb haar onderdak geweigerd en voel me nu toch verantwoordelijk."

„Je zou eerst Inge kunnen bellen," stelde Cedric voor.

Agneta pakte onmiddellijk de telefoon. Het was al vrij laat, maar Inge zou nog wel op zijn.

„Met Agneta. Is Katja bij jou geweest?"

„Jazeker. Ik begreep dat jij haar had gestuurd. Ik heb haar iets te eten gegeven en toen is ze weer vertrokken. Haar koffer met verdachte spullen met zich meeslepend."

„Jij dacht dus ook ..." begon Agneta.

„Natuurlijk dacht ik dat. Ze had vanavond laat een afspraak met Nino. Er wordt in het dorp gepraat dat de politie een bende op het spoor is. Ik wilde zelf de politie bellen, maar ik aarzelde vanwege die vrouw. Ze is tenslotte Berts vriendin en hij weet van niets. Wat heeft hij zich met haar op de nek gehaald?"

Agneta ging hier niet op in. Ze wilde haar vader niet als een belachelijke oudere man afgeschilderd zien. „Als we tot morgenochtend niets van haar horen, bel ik de politie," besloot ze.

„Misschien is het goed als jij je vader ook inlicht."

„Dat lijkt me nog niet nodig," antwoordde Agneta kort-af. Misschien nam Inge haar vader nog altijd kwalijk dat hij haar, de vriendin van Agnes, indertijd niet met

161

open armen had ontvangen. Ze was altijd een beetje afhoudend als Bert ter sprake kwam.

Agneta vertelde Cedric wat ze te weten was gekomen, en dat was erg weinig.

„Laten we nu maar naar bed gaan," stelde hij voor. „Wie weet wat de dag van morgen weer brengt."

Agneta aarzelde en vroeg dan, in de hoop nonchalant te klinken: „Waar slaap je?"

Er kroop een klein lachje om zijn mond. „Ik ben bang alleen," bekende hij.

„Ik eigenlijk ook," gaf Agneta toe.

„En als we samen slapen, ben ik niet bang," voegde Cedric eraan toe.

„Dat geldt ook voor mij," zei Agneta.

Later lagen ze samen in Agneta's bed. Maar anders dan de vorige keer voelde ze dat het bed toch wel erg smal was voor twee mensen. Daarbij was er een zekere spanning tussen hen. Het leek niet meer zo vanzelfsprekend als ze elkaar aanraakten.

De vorige avond was ze te moe geweest om aan iets anders te denken, maar ze was zich nu zeer bewust van zijn been tegen het hare en zijn hand op haar arm. Het was lang geleden dat ze zich zo had gevoeld.

Ze hoorde Cedric diep zuchten, dan draaide hij zich van haar af. Ze konden beter morgen weer apart gaan slapen, besloot ze. Voor iets anders was het de tijd nog niet, dat waren Cedrics eigen woorden. Uiteindelijk viel ze toch in slaap, maar ze droomde onrustig. Toen ze met een kreet overeind vloog, was Cedric daar die zijn arm om haar heen sloeg en haar tegen zich aantrok.

De volgende morgen lag ze tegen hem aan, met haar rug naar hem toe, zijn arm lag om haar middel. Ze bleef even stil liggen. Het voelde al zo vertrouwd. Toen dacht ze aan Katja. Waar zou ze zijn? Als haar maar niets was overkomen. Voorzichtig maakte ze zich los en gleed haar bed uit. Cedric draaide zich om en sliep door. Agneta maakte zich klaar en begon aan het ontbijt. Terwijl ze bezig was, hoorde ze Cedric in de douche. Als hij vanavond weer boven ging slapen in de kamers die hij wilde huren, zou alles anders zijn. Dan had hij weer zijn eigen douche en misschien ontbeet hij dan wel op een ander tijdstip. Of hij ging in het café ontbijten, dat deden meer mensen hier. Ja, het zou heel anders zijn. Ze zou dan een huurder hebben die maandelijks voor zijn kamer betaalde. Ze zouden dan een zakelijke overeenkomst hebben.

Ze wist niet of ze dat wel zo'n prettig idee vond. Maar om echt te gaan samenwonen, daarvoor was het nog veel te vroeg.

Toen ze zaten te ontbijten, zei Cedric: „Ik ga eerst kijken hoe het met mijn moeder is."

Ze knikte. „Ik ga langs Inge. En wat rondkijken of ik Katja ergens zie."

„Doe dat. Als we haar niet vinden, moeten we toch de politie waarschuwen. Ze kan wel in gevaar zijn."

Katja had die nacht doodsangsten uitgestaan. Toen ze het water om haar voeten voelde sijpelen, had ze wanhopig geprobeerd de steen te verplaatsen. Ze begreep echter dat dit onbegonnen werk was. De inham liep niet ver door. De rotsen waren stijl en glad en boden geen enkel houvast. Door de kier tussen de rotsen zag ze alleen maar water. Dat water steeg snel en was al halverwege haar been. Nino had beloofd terug te komen, probeerde ze zichzelf gerust te stellen. Maar mogelijk had hij dat alleen gezegd om haar stil te houden. Hoe zou hij hier trouwens moeten komen? Hij zou zijn leven heus niet in gevaar brengen. Misschien had hij een boot, dacht ze dan weer hoopvol. De volgende golf bracht het water tot boven haar knie en Katja kreeg het erg koud. Ze stond met haar rug tegen de rots en liet haar tranen de vrije loop. Zou ze hier nu echt eindigen?

Ineens viel het haar op dat het water de laatste keren niet hoger was gekomen. Was het mogelijk dat het eb werd? Na tien minuten wist ze het zeker. Het water zakte, maar dat wilde niet zeggen dat ze nu gered was. Ze kon hier nog steeds doodgaan wegens gebrek aan voedsel en water. En niet te vergeten onderkoeling. Maar het feit dat het water zich langzaam maar zeker terugtrok gaf haar toch weer een beetje moed.

Terwijl Cedric naar Dinan reed, parkeerde Agneta haar auto in het dorp. Ze was juist uitgestapt met het idee koffie te gaan drinken in het café op het pleintje toen ze Nino zag. Hij had kennelijk haast, want hij liep met snelle passen. Hij wilde juist op zijn fiets springen toen ze hem inhaalde. Ze zag dat hij stokbrood in zijn fietstas had en ze dacht yoghurt en melk te zien.

„Waar is Katja?" hijgde ze.

„Hoe moet ik dat weten?" antwoordde hij bot.

„Dat moet jij wel weten, want ze had gisteren een afspraak met jou. Ze had spullen voor je bij zich."

„O ja? Nou, ik heb haar niet gezien." Hij sprong op zijn fiets en sprintte weg.

Agneta dacht niet langer na. Ze belde de politie met haar mobiel, zei alleen dat ze informatie had en dat ze haar in het café konden vinden.

Deze keer waren ze er snel. „U wilde ons iets vertellen. Ik hoop dat we er iets aan hebben," begon de één. „Er zijn namelijk inderdaad sporen van cocaïne op uw zolder gevonden. En daardoor bent u verdacht tot wij de werkelijke dader hebben."

Nu zat ze dus in hetzelfde schuitje als Cedric, dacht Agneta even. Dan vertelde ze over de komst van Katja en over de koffer die ze vermoedelijk aan Nino of aan een van diens vrienden had overhandigd. Ze zei ook dat ze zich ongerust maakte over Katja en dat ze naar haar op zoek was.

„Waarom denkt u dat ze bepaalde verboden middelen in haar koffer vervoerde?" vroeg de agent.

Agneta haalde de schouders op. „Het was een vermoeden. Ik vond het vreemd dat ze plotseling weer hierheen kwam. En haar verklaring dat Nino een handeltje wilde beginnen met Nederlandse spullen vond ik nogal ongeloofwaardig. Nino is nu richting strand gefietst. Hij beweerde niets te weten van Katja."

De mannen keken elkaar aan en stonden gelijktijdig op. Een moment later zag Agneta de politieauto wegrijden. Het stelde haar enigszins gerust. Ze hadden haar verhaal tenminste voor waar aangenomen.

Ze dronk haar koffie op en besloot even langs Inge te gaan. Daar vertelde ze dat ze de politie had ingelicht. „Dat is het enige wat ik kon doen. Toch kan ik niet geloven dat Nino achter al die onrust zit," peinsde Agneta hardop.

„Ook al gevallen voor zijn bruine ogen en zijn zachte stem," spotte Inge.

Agneta ging er niet op in. Inge had een hekel aan Nino. „Hij heeft er zeker iets mee te maken. Misschien dient hij als lokvogel voor jonge vrouwen die zonder vragen te stellen voor koerierster spelen. Hij windt iedereen om zijn vingers. Behalve mij dan." Inge knikte als om haar woorden kracht bij te zetten.

De lucht zou misschien zijn geklaard als Agnes had gedaan wat ze volgens het dagboekje van plan was geweest, namelijk Inge zeggen dat ze Nino ook niet meer vertrouwde. Blijkbaar was ze daar niet meer aan toe gekomen. En het dagboek kon ze haar niet laten lezen, omdat de blaadjes over Nino waren verwijderd.

„Je vindt mij een verzuurde ouwe juffrouw," zei Inge opeens.

„Natuurlijk niet. Ik denk dat je Agnes erg mist," antwoordde Agneta.

Inge wendde zich af. „Ik had haar nog zoveel willen zeggen. We hadden dan wel geen ruzie, maar het was ook niet meer echt goed tussen ons."

Uiteindelijk vertelde Agneta haar toch over het dagboek dat ze had gevonden en waarvan ze de inhoud ook weer was kwijtgeraakt.

„Ik ben blij dat te horen," zei Inge eenvoudig. „Ik hoop dat degene die de bladzijden heeft gestolen ze niet heeft vernietigd." Ze noemde geen namen. Ze wilde natuurlijk niet weer over Nino beginnen.

Katja was intussen tot op het bot toe verkleumd. Haar tanden klapperden en ze kon daar niet mee ophouden. Het was inmiddels licht geworden, wat in de grot niet zo heel veel uitmaakte.

Toen ze geruchten hoorde hield ze zich eerst doodstil. Stel dat het die anderen waren. Als ze haar voorgoed wilden uitschakelen ... „Ik ben het," herkende ze tot haar opluchting Nino's stem. „We moeten snel zijn. Duw eens tegen dat rotsblok."

Katja duwde uit alle macht tegen het rotsblok.

„Harder," snauwde Nino, die zo ver mogelijk naar achteren reikte, maar op deze manier ook niet veel kracht kon zetten.

„Denk je dat ik hier vannacht reuzenkracht heb opgedaan?" snibde Katja, die stond te trillen op haar benen. Ineens hoorde ze het geluid van een naderbij komende auto. In een seconde was Nino verdwenen. Nu zette Katja het op een schreeuwen. Ze moesten haar toch horen? Kwam ze wel boven het geluid van de motor en de branding uit? Ze rukte de dunne sjaal van haar nek, en duwde deze door de rotsspleet. Toen de wind er vat op kreeg wapperde haar sjaal als een blauwe vaan. Intussen riep ze tot haar stem het bijna begaf.

Toen de auto vlakbij stopte, leunde ze opgelucht tegen de rotswand en ze liet zich in het natte zand zakken. „Is daar iemand?" riep een mannenstem.

„Ja! Help me alsjeblieft." Het was niet veel meer dan een gepiep, maar hij hoorde haar toch. Ze waren met z'n vieren, begreep ze. Ze hadden de rots vrij snel van zijn plaats. Katja wankelde het daglicht in en liet zich daar opnieuw in het zand zakken. Een van de mannen schroefde het deksel van een thermosfles en reikte haar een beker koffie. Toen ze deze leeg had, vroeg hij: „Waar is je vriend? En de anderen?"

„Hij is mijn vriend niet, al dacht ik eerst van wel. Als je bepaalde spullen zoekt, die hebben ze tussen de rotsen verborgen, niet zo ver hier vandaan."

De man hielp haar op te staan en zei haar in de auto te gaan zitten. De andere drie doorzochten zorgvuldig de vele inhammen en kloven. Katja sloot de ogen. Als ze vonden waar ze blijkbaar al lang naar op zoek waren, was ze toch niet helemaal voor niets hierheen gekomen.

Toen Agneta thuiskwam was Cedric daar al. „Ik zag politie op het strand," zei hij.

Ze knikte. „Ik heb hen gebeld. Ik hoop dat ze iets vinden, en dat Katja boven water komt. Maar ik zou bovenal willen dat alles eindelijk een beetje normaal werd."

„Bij mijn moeder was alles goed. Ze heeft gelukkig niets overgehouden van die paar uur buiten." Hij lachte even. „Ze zei: 'Je komt hier wel vaak'."

„Ze is meer bij de tijd dan we dachten," knikte Agneta. Toen de telefoon ging, hoopte ze dat dit telefoontje de oplossing zou brengen voor alle raadsels.

Het was haar vader. „Ik bel voor Katja. Ik heb nog niets van haar gehoord en haar mobiel staat niet aan. Ze is toch niet verdwaald, hoop ik?"

„Ze is hier gisteren aangekomen. Ze is vrij snel weer

vertrokken en ik heb haar niet meer gezien."

„Ik ben bang dat ze zich met rare zaakjes bezighoudt," zei Bert bezorgd.

„Daar vrezen wij ook voor. Maar het is hier een kleine gemeenschap. Haar auto staat in het dorp. We vinden haar wel."

„Ze wilde zo graag eens iets avontuurlijks beleven," zei Bert wrang.

„Ik denk dat dit haar nu is gelukt," antwoordde Agneta. „Misschien is ze nu voorgoed genezen van die zucht naar avontuur."

„Als je haar ziet, vraag dan of ze mij belt. Ze is dan wel volwassen, maar ik voel me toch een beetje verantwoordelijk voor haar. Ze heeft mij nu wel duidelijk gemaakt dat zij zich in een totaal andere wereld thuisvoelt dan ik ..."

Agneta ging er niet op in. Het was duidelijk dat haar vader nu besefte dat hij en Katja niets gemeen hadden. Toen ze had neergelegd, zei Cedric: „Ik zag de politiewagen weer terugkomen. Ik hoop dat hun zoektocht niet tevergeefs was."

„Zullen we hen bellen of ze Katja hebben gevonden?" stelde Agneta voor.

„Laten we nog even afwachten."

Geruime tijd later belde de politie zelf met het verzoek of ze naar het bureau in Dinan wilden komen. „Waarom is dat?" vroeg Cedric.

„Wij willen u enkele vragen stellen, zodat een en ander opgehelderd kan worden," was het antwoord.

„Misschien verdenken zij ons ook van drugssmokkel, of van medeplichtigheid. Ik heb tenslotte mijn zolder ter beschikking gesteld."

„Zonder dat je het wist," weerlegde Cedric. Agneta had echter niet veel vertrouwen in het helder inzicht van de politie.

Ze reden naar Dinan naar het politiebureau. Daar werden ze in een ruime kamer gelaten, waar een man in burger – waarschijnlijk een rechercheur – achter een imposant bureau zat. In een hoek van het vertrek zaten Katja en Nino.

„Er zijn hier meerderen bij betrokken," zei de agent. „Nino le Fèvre heeft ons verteld waar zij zich waarschijnlijk bevinden. Daar wordt nu naar gezocht."

„Als dank dat ik u deze tip heb gegeven, ga ik ervan uit dat ik strafvermindering krijg," vulde Nino aan. „Ik kan namelijk heel veel duidelijkheid geven."

„Ik zou zeggen: begin daar vast mee. Dan hoeven deze mensen hier geen uren te blijven," zei de rechercheur.

„Als Agnes was blijven leven was dit allemaal nooit gebeurd," zei Nino tot Agneta's verbazing.

„Heb jij mevrouw Becourt neergestoken?" vroeg Cedric tussendoor.

„Zeker niet. Dat was een van de anderen. Ik stond op de uitkijk."

„Meneer, wij stellen hier de vragen." De agent wierp Cedric een waarschuwende blik toe.

„Dat pleit mij dan vrij," zuchtte Cedric, zonder zich iets van de man aan te trekken.

„U was al vrij," repliceerde de ander.

„Niet echt."

De ondervraging ging verder. Beetje bij beetje kregen ze antwoord op hun vragen. Nino vertelde zonder reserves. Hij leek opgelucht, dacht Agneta. Ze hoorden nu ook dat een van de anderen had ingebroken en Inge vastgebonden.

„Hij wist niet dat de spullen op de zolder lagen. Hij dacht dat hij in de kamer van Agnes moest zijn." Ze waren dus inderdaad meerdere keren op de zolder geweest en hadden nu de spullen ergens tussen de rotsen verborgen. Nino kon niet precies de plaats aanwijzen.

„Daar komen we wel achter," zei de agent. „Maar het is

dus zo dat je deze Amsterdamse jongedame hebt gebruikt om drugs hierheen te vervoeren?" Hij knikte naar Katja, die er tamelijk aangeslagen uitzag.

„Nou, gebruikt? Het was meer een vriendendienst."

„Ben je nu zo naïef?" bulderde de rechercheur plotseling. „Je hebt haar leven in gevaar gebracht! Daarbij had ze onderweg hierheen al opgepakt kunnen worden. Dan zat ze nu in een gevangenis in Rouen of Parijs. Daar was ze niet zomaar uit geweest. En dan in die kloof tussen de rotsen. Wist jij wel zeker dat het water niet zo hoog kwam en dat jij de gelegenheid zou hebben om haar te bevrijden?"

Nino zweeg. Katja keek naar hem en zei zacht: „Het is ook een beetje mijn eigen schuld. Ik werd ineens verliefd op hem." De agent grinnikte even, maar ging er niet op in. De ondervraging ging nog geruime tijd door, tot de rechercheur zei: „Jullie kunnen wel naar huis gaan. Nino le Fèvre houden wij nog hier. Hij kan eventueel op borgtocht worden vrijgelaten."

Nino keek Agneta aan. Hij zei niets, maar zijn blik sprak boekdelen. „Als Agnes er nog was," begon hij. Agneta begreep heel goed wat hij wilde zeggen. Agnes zou voor hem betaald hebben, maar Agneta was dat zeker niet van plan.

„Ik heb nog twee vragen," zei Cedric toen. „Heb jij naar de politie gebeld toen ik mevrouw Becourt vond?"

„Ik moest dat van de anderen doen. Het is gevaarlijk hen iets te weigeren. Ook wat Katja betreft werd ik onder druk gezet."

„En wie sloeg mij een hersenschudding?" was Cedrics volgende vraag.

Nino keek naar zijn schoenen en zei: „Ik vond jou een vervelende bemoeial. Zonder jou had Agneta mij niet de deur gewezen. Je liep voortdurend voor mijn voeten. En dat met je moeder in die rolstoel was gewoon een pesterijtje."

In één stap was Cedric bij hem. Hij rukte hem omhoog aan de kraag van zijn sweater. „Wat had zij hiermee te maken? Weet je hoe slecht het af had kunnen lopen?"

„Maar het is goed afgelopen," zei Nino opgewekt. Cedric smeet hem terug op de stoel.

„Het is tijd dat jullie gaan," zei de rechercheur. „Nino le Fèvre blijft hier, net als mevrouw. Ik zal u de eventuele bezoekuren in de gevangenis doorgeven."

„Alsof ik hem zou willen bezoeken," zei Cedric toen ze buiten waren.

„Hij is eigenlijk ook min of meer een slachtoffer," zei Agneta.

„Aha. Heeft hij jou nu ook betoverd met zijn knappe gezicht? Door zijn toedoen zat ik maanden in de gevangenis! Hij heeft mij een hersenschudding bezorgd! Hij liet mijn moeder bijna een longontsteking oplopen en verdrinken, want de rolstoel stond niet op de rem! En dan is hij slachtoffer? Nou, dat zie ik toch anders."

Agneta hoorde dat hij geïrriteerd was. Hij had natuurlijk gelijk, maar ze dacht aan wat Nino had gezegd: als Agnes was blijven leven was dit allemaal niet gebeurd. Misschien was dat wel waar.

Agnes had ervoor gezorgd dat hij altijd geld had. Bij Agnes kon hij altijd terecht. Hij had verder niemand. Zijzelf had hem ook aan zijn lot overgelaten. Mogelijk was hij toch zijn houvast kwijt, nu tante Agnes er niet meer was.

Door al deze gedachten waren ze thuis voor ze het wist.

Eenmaal binnen liep Cedric gelijk naar zijn kamer. Was hij nog steeds boos? Ze besloot een glas wijn in te schenken en riep hem daarna. „Op de goede afloop," zei ze het glas heffend.

„We zullen nog wel diverse keren verhoord worden," meende Cedric. „En dan komt er een rechtszaak. Die dingen verlopen altijd zo traag."

„En dan wordt het ook duidelijk dat jij vrijuit gaat, dan kun je weer gewoon naar je werk."

„Ik wil morgen naar Dinan. Dan ga ik voor een tijdje in een hotel," zei hij.

„Morgen? Waarom?"

„Omdat we nauwelijks de tijd hebben gehad om elkaar te leren kennen. Het lijkt me niet verstandig dat ik hier gelijk kom wonen. We moeten gewoon meer tijd nemen. Samen uitgaan, langs het strand wandelen. Al die weken dat we elkaar kennen zijn we in hoofdzaak bezig geweest met Nino en zijn vrienden. Dat is geen basis. Ben je het met me eens?"

„Natuurlijk," antwoordde Agneta, die het liefst dicht naast hem op de bank was gaan zitten, de armen om elkaar heen.

„Ik mag je erg graag. Maar ik wil niet dezelfde fout maken als met Claire. Achteraf ging dat allemaal te snel."

Agneta knikte alleen.

„We blijven natuurlijk wel regelmatig afspreken," zei hij nog.

„Kan ik eventueel ook met anderen afspreken?" vroeg ze.

„Daar ben ik niet enthousiast over, maar ik kan het je niet verbieden."

„Je kunt ook vanavond nog weggaan." Haar stem klonk niet helemaal vast.

„O, liefje toch. Je bent voor mij zo belangrijk, maar ik wil eerst eens tot rust komen. De zaken op een rijtje zetten."

Dat was toch redelijk, dacht Agneta. Maar ze wilde niet redelijk zijn! Ze wilde nu het liefst uit de band springen en vieren dat alles opgelost zou worden. Dat ze hier veilig kon wonen en naar haar werk kon gaan zonder over haar schouder te hoeven kijken.

„Ik ga morgenochtend," zei Cedric. „Ben je nog bang

om alleen te slapen? Want als we weer samen slapen, zal dat om een andere reden zijn, hoop ik." Hij strekte zijn hand naar haar uit en ze legde de hare er in.

HOOFDSTUK 12

Ze ontbeten de volgende morgen samen, voorlopig voor het laatst. „De weinige spullen die ik nog heb, staan nog steeds bij die broer van Hassan," zei hij. „Het meeste heb ik Claire laten houden."

Hier heb je alles wat je nodig hebt, dacht Agneta. Meer dan op een hotelkamer. Toch zei ze niets.

„Stel dat ik hier over een tijdje zou komen wonen," zei hij dan, „dan lijkt het me leuk samen ook wat nieuwe spullen te kopen. Alles is hier van je tante Agnes."

Ze zei dat ze het een goed idee vond. Ze wilde niet laten merken hoe graag ze wilde dat hij hier bleef. Hij ging niet voorgoed weg. De deur bleef op een kier staan.

De volgende dag moest Agneta weer werken. Ze was blij dat ze deze baan had. Dat gaf afleiding. Ze ging ook even langs bij Cedrics moeder. Stiekem hoopte ze dat hij daar was.

Mevrouw Mitchell was echter alleen in haar kamer. De vrouw keek haar opmerkzaam aan, zei dan: „Was jij niet met mijn zoon?"

„Ik ken hem," knikte Agneta.

„Ja, er zijn er zoveel die hem kennen. Hij schrijft voor een krant en dan krijg je dat." De oude dame was van meer zaken op de hoogte dan ze soms liet blijken, dacht Agneta.

Na haar werk ging ze bij Inge langs. Die was al van de hele toestand op de hoogte. „Zouden we nu eindelijk rust krijgen?" vroeg ze zich af. „Ik heb het al die tijd gezegd. Nino deugt niet."

„Maar hij is niet de hoofdverdachte," weerlegde Agneta.

„Je neemt het toch niet voor hem op, hoop ik. Hij is door en door verwend door Agnes. Daar komt het door."

In zekere zin had ze gelijk, dacht Agneta. Doordat Agnes zo plotseling was weggevallen was Nino min of meer losgeslagen.

„Ik ga terug naar Nederland. Dit huisje komt in de ver-koop," zei Inge dan.

„Dat had ik nooit gedacht," verbaasde Agneta zich.

„Wat moet ik hier nog, nu Agnes er niet meer is? Ik had de laatste tijd toch al de behoefte om terug te gaan. Het zal de leeftijd wel zijn. Agnes voelde zich hier helemaal thuis. Daarom wilde ik ook niet weggaan. Maar nu maakt het niet meer uit. Ik denk dat ik een behoorlijke prijs voor dit huis kan krijgen. Daar kan ik in Nederland wel iets voor terugkopen. Ik heb je vader gevraagd of hij eens voor me uitkijkt."

„Heb je hem verteld over alles hier, over Katja?"

„Ik heb niets over haar gezegd. Maar misschien moet je hem toch inlichten. Als hij van mening is dat die vrouw nog bij hem terugkomt ..."

„Ik geloof niet dat hij daar nog van uitgaat," antwoord-de Agneta.

Had ze gelijk, vroeg ze zich af toen ze naar huis reed. Ze zou hem kunnen bellen, maar moest ze dan vertellen dat Katja zich als drugskoerierster beschikbaar had gesteld? Dat ze was opgepakt door de politie? Het zou een schok zijn, maar misschien kon ze maar beter eer-lijk zijn.

Het was sinds lange tijd dat ze weer voor zichzelf kook-te en in haar eentje at. Leuk was het niet en ze fleurde dan ook helemaal op toen ze een telefoontje kreeg van Cedric. Hij vertelde dat hij weer gewoon zijn werk kon doen en dat hij zijn columns zou blijven schrijven. Alleen zou hij wel meer weg zijn, in verband met nieuws uit de regio. Hij vertelde dat hij zijn moeder had opge-zocht en dat die had gezegd: 'Zij was er weer, die vrien-din van je.' „Ik hoop dat jij het was."

Agneta bevestigde dat en hij zei dat ze dan door zijn moeder was goedgekeurd. Agneta ging er niet op in, maar toen hij op het laatst zei: „Ik mis je," fluisterde ze: „Ik jou ook."

Na dit telefoontje besloot ze haar vader te bellen. Hij was duidelijk opgelucht haar te horen.

„Ik hoor helemaal niets van Katja," zei hij ongerust. „Ik hoop dat jij iets meer weet."

„Misschien mag ze niet bellen. Het spijt me, pa, maar ze is opgepakt. Die koffer ..."

„Daar zat iets anders in dan zij beweerde," reageerde haar vader. „Ik was er al bang voor, maar wat kon ik doen? Ze is volwassen."

„Jij bent niet verantwoordelijk, pa," zei Agneta rustig. „Ik geloof dat ze hier wel inzien dat ze werkelijk niet wist wat ze met zich meevoerde. Ik denk dat ze snel weer vrij is, maar ze zal hier nog wel moeten blijven in verband met het onderzoek."

„Vind je dat ik ook daarheen moet komen?"

Agneta dacht eraan dat Katja slechts voor Nino deze reis had gemaakt. Als haar vader nog enige aandacht van Katja verwachtte, zou dat een grote teleurstelling worden.

„Ik snap het al," zei Bert, die haar zwijgen blijkbaar goed inschatte.

Agneta zuchtte. „Ach, ze is ook veel te jong voor je."

„Je hebt gelijk. Ik vind mezelf tamelijk dwaas, moet ik zeggen. Toch voel ik me min of meer verantwoordelijk voor haar."

„Zodra ze vrij is zal ze wel hierheen komen," meende Agneta. „Dan zal ik haar vragen jou te bellen."

Een van de dagen daarop ging Agneta een keer met Cedric eten. Het was een sfeervol restaurant in Dinan. Hij gedroeg zich ontspannen en voelde zich duidelijk op zijn gemak.

Hij flirtte met haar en plaagde haar. Het was of ze elkaar voor het eerst ontmoetten en aan de andere kant was het ook zeer vertrouwd. Bij het afscheid gaf hij haar een kus op de wang en Agneta begreep dat hij helemaal opnieuw wilde beginnen. Zijzelf had ook van deze avond genoten en zag al uit naar de volgende afspraak. Vanwege het begin van de lente zou er in Dinan een openluchtconcert worden gegeven. Ze spraken af die dag eerst weer samen een hapje te gaan eten.

De dag voor het concert ontmoette Agneta de ex-vriendin van Cedric, hoewel ze eerst niet wist dat zij het was. Ze zag een vrouw die met Cedrics moeder wandelde en het was iemand die niet bij het personeel hoorde. Denkend aan hetgeen er enige weken terug was voorgevallen ging ze naar hen toe. „U bent familie of een kennis van mevrouw Mitchell, neem ik aan?" veronderstelde ze vriendelijk.

De donkere ogen van de vrouw namen haar kritisch op. „En wie bent u?"

„Ik werk hier."

„Nou, ik ken mevrouw Mitchell inderdaad erg goed. En haar zoon ken ik nog beter."

Toen ging Agneta een licht op. „Ah, u was de vriendin van Cedric."

„U spreekt wel erg overtuigd in de verleden tijd."

„Ik heb Cedric gezegd dat hij jou moet houden," zei mevrouw Mitchell plotseling, met haar vinger naar Agneta wijzend.

Claire keek haar scherp aan. „U bent degene die hem heeft opgevangen toen hij vrijkwam."

Wat wist ze precies van haar, vroeg Agneta zich nu af. Wat had Cedric over haar verteld?

„Ik neem aan dat u op het terrein blijft," zei Agneta terwijl ze wegliep. Ze was een mooie vrouw, deze Claire, en ze kwam zeer zelfverzekerd over. Was ze van plan weer contact op te nemen met Cedric? Ze had natuurlijk in de kranten kunnen lezen dat Cedric nu officieel was vrijgesproken. Er zouden nog diverse verhoren plaatsvinden, maar Cedric werd niet meer verdacht. Dacht Claire dat ze nu de draad weer kon oppakken? Hoe zou Cedric daar over denken?

Ze ging de behandelkamer binnen en keek onwillekeurig in de grote spiegel. Ze was lang, slank, met kort blond haar en opvallende grijze ogen. Een pittig kopje, zei men. Maar niet te vergelijken met deze Claire.

Toen ze na de behandeling van twee patiënten even naar buiten ging, zag ze de twee terugkomen. Ze wilde hen negeren, maar Claire duwde de rolstoel tot vlak bij haar.

„Waar is Cedric nu?" vroeg ze.

„Zeg het haar niet," reageerde mevrouw Mitchell onmiddellijk. Claire schudde aan de rolstoel of ze een kind strafte. „Bemoei jij je er niet mee," snauwde ze. „Zijn moeder heeft het mij en Cedric erg moeilijk gemaakt," meende ze te moeten uitleggen. „En nu weet ze niet meer wat ze zegt."

„Daar zou ik maar niet te zeker van zijn," antwoordde Agneta terwijl ze wegliep. Ze probeerde het incident van zich af te zetten, maar het kostte haar veel moeite. Ze zou Cedric pas de volgende dag zien en ze wilde hem hier ook niet over opbellen.

Het was een mooie avond en hoewel het pas half maart was, zat ze toch geruime tijd buiten. Ze verheugde zich op het voorjaar, zeker nu er rust was gekomen en ze niet meer voortdurend op haar hoede moest zijn.

Toen Cedric belde en haar vroeg hoe haar dag was geweest, aarzelde ze even. „Ik heb Claire ontmoet," zei ze.

„Vertel me niet dat ze jou is komen opzoeken."

„Ze kwam naar het centrum en ging met je moeder rijden."

„Nou, dat is voor het eerst sinds mijn moeder daar is. Wat vond ze daarvan?"

„Je moeder? Ik kreeg niet de indruk dat ze dit graag wilde."

„Die twee konden elkaar niet uitstaan."

„Ik denk dat ze hoopte jou te ontmoeten," zei Agneta.

„Nou, ze wilde niets van me weten. Ik bleef voor haar verdacht. Maar nu ik officieel ben vrijgesproken zet ze haar reserves blijkbaar overboord."

„En hoe vind je dat?" waagde Agneta.

„Ik vind helemaal niks. Claire heeft voor mij afgedaan. Denk je nog aan onze afspraak morgen?"

„Natuurlijk," zei ze toch enigszins opgelucht.

Het werd kil buiten en ze verhuisde naar binnen. Door het grote raam kon ze ook de prachtige zonsondergang zien. Toen er aan de achterdeur werd geklopt schrok ze toch. Wie kwam haar opzoeken, ze kende nog niet veel mensen. Ze liep naar de deur en probeerde of ze door het raampje iets kon zien, wat niet het geval was. Ze was toch nog niet helemaal over de schrik van al dat ongewenste bezoek heen.

Tot haar verbazing stond Katja op de stoep.

„Je bent dus vrij," vroeg ze overbodig.

„Ja, maar ik mag nog niet terug naar Nederland." Ze liep met Agneta mee naar binnen.

„Wil je koffie?" vroeg deze.

„Graag. Het is al enige tijd geleden dat ik een fatsoenlijke kop koffie heb gehad."

„En wat nu?" vroeg Agneta toen ze tegenover haar zat.

„Ja, wat nu? Ze betalen echt geen hotel voor me. Ik hoopte dat ik hier een tijdje kan blijven. Je woont immers maar alleen. Ik zal je heus niet lastigvallen. Nu het seizoen eraan komt is er in de horeca vast wel werk te vinden. Ik kan Nino dan regelmatig opzoeken. Ik eh ... als hij vrijkomt, blijf ik bij hem."

„Maar Nino heeft geen huis." Agneta keek haar aan. Ze zou er toch niet van uitgaan dat ze hier wel samen met hem kon wonen?

„Wil jij niet de borgsom voor hem betalen? Je weet dat je tante Agnes dat zeker ook had gedaan."

„Heeft Nino je onder druk gezet?" vroeg Agneta koel.

„Helemaal niet. Maar ik zie zelf dat hij het erg moeilijk

heeft. Hij heeft altijd zoveel vrijheid gekend en nu zit hij opgesloten."

„Hij had eerder moeten nadenken," vond Agneta.

„Natuurlijk. Maar niet iedereen is zo braaf als jij. Als hij vrij is proberen we ergens een kamer te huren. Na de rechtszaak zit hij natuurlijk weer vast, maar het is nu nog niet bekend wanneer die is. En dan hoop ik maar dat ze hem niet langer dan enkele maanden vasthouden."

Agneta keek bedenkelijk. „Je bent wel erg optimistisch. Drugshandel, en dan in Frankrijk."

„Je zou ook kunnen getuigen dat hij onschuldig is," zei Katja.

„Nadat hij mij diverse keren de stuipen op het lijf heeft gejaagd? Wat wil je met Nino? Hij liet toe dat anderen jou opsloten tussen de rotsen. Dat had verkeerd kunnen aflopen. Hij liet jou een reis maken met een koffer vol xtc. Je was voor hem helemaal niet belangrijk. Hij is een vrijbuiter, dat weet je zelf ook."

„Ik wil gewoon bij hem zijn," antwoordde Katja eenvoudig.

„Over die borg zal ik nadenken," beloofde Agneta. „Maar je kunt hier niet met hem komen wonen."

„Ik ga informeren of er ergens iets te huur is. Ik moet eerst iets vervelends doen, namelijk je vader opbellen."

„Ik denk niet dat hij in zak en as zal zitten," zei Agneta scherp. De manier waarop Katja over Bert praatte irriteerde haar.

„Zal ik dat dan maar eerst afhandelen? Of wil jij het doen?"

„Ik? Natuurlijk niet. Jij hebt je bij mijn vader opgedrongen, nu moet je zelf deze relatie ook maar beëindigen."

„Opgedrongen?" snoof Katja. „Hij zat vreselijk om gezelschap verlegen."

Agneta zei niets. Ze wilde verder niet met Katja over haar vader praten.

180

Katja haalde haar mobiel tevoorschijn en drukte de nummers in. Agneta stond op en liet haar alleen. Ze was opgelucht dat aan deze heilloze verhouding nu een eind zou komen. Ze hoopte dat haar vader er ook zo over zou denken. Het gesprek was snel afgelopen en toen kwam Katja de keuken in en gaf haar de mobiel. „Hij wil jou nog even hebben."

Agneta nam de telefoon van haar over en wachtte tot ze het vertrek uit was. „Pa?"

„Zo, dat was het dan. Je hebt het zeker wel gehoord."

„Ik heb het begrepen, pa."

„Ze is dus verliefd geworden op een Fransman. Jong, knap, daar kan ik niet tegenop."

„Die knappe Fransman zit nu wel in de gevangenis. Je had al begrepen dat Katja verboden middelen in haar koffer naar Frankrijk bracht? Dat was in opdracht van Nino, die ook weer onder druk van anderen handelde."

„Zoals ik al eerder zei: Katja vond het leven saai," zei Bert ironisch. „Agneta, ben jij naar Frankrijk vertrokken omdat ik iets met Katja had? Want dan zou je nu dus weer terug kunnen komen."

„Ik wilde even afstand nemen," zei ze eerlijk. „Maar dit is een fijn huis op een uniek plekje, ik ga me steeds meer thuis voelen. Ik hoop dat je spoedig komt logeren."

„Dat zal ik zeker doen. Ik ben nu op zoek naar een huis voor Inge. Als ze geen adres heeft kan ze hier wel enige tijd logeren. Ik bedoel, wij beiden weten toch van Inge …"

„Natuurlijk, pa."

Ze gaf de telefoon terug aan Katja en vroeg zich intussen af of dat laatste idee van haar vader nu verstandig was. Aan de andere kant: hij woonde in Amsterdam. Dat was geen dorp waar mensen zich met elkaar bemoeiden en overal commentaar op hadden. Haar vader vond het alleen-zijn nog steeds erg moeilijk, zoveel begreep ze wel. Het was nog niet eens anderhalf jaar terug dat haar moeder was overleden. Maar het zou ook kunnen dat Inge dat aanbod niet accepteerde, want ze was erg op haar vrijheid gesteld. Ach, ze moesten hun eigen problemen maar oplossen.

„Ik kreeg het idee dat je vader het niet eens zo belangrijk vond," liet Katja zich nu horen.

Agneta keek haar aan. Wilde ze ook de aandacht van de oudere man behouden? Wilde ze hem soms achter de hand houden voor het geval dat Nino het toch niet met haar zag zitten?

„Mijn vader heeft natuurlijk allang begrepen dat jij andere zaken aan je hoofd hebt," zei ze koel. Katja zei niets meer.

Ze sliep die nacht in de logeerkamer. Cedrics kamer, zoals Agneta deze in gedachten noemde.

Agneta lag geruime tijd wakker, zich afvragend of ze de borgsom voor Nino zou betalen. Agnes zou dat zeker gedaan hebben. Inge daarentegen zou haar voor gek verklaren, en Cedric zou het er zeker niet mee eens zijn. Nino had hem een hersenschudding geslagen.

Aan de andere kant: zij had tantes huis geërfd en Nino hoorde zo'n beetje bij die erfenis. Ze voelde zich toch een beetje verantwoordelijk voor hem.

De volgende morgen reed ze naar de bank om het geld voor Nino's borg op te nemen Weer thuis overhandigde ze Katja het geld. „Wil jij het hem zelf niet geven?" vroeg Katja. „Hij zal zo blij zijn."

„Ik doe dit vooral vanwege tante Agnes. Ik hoef Nino eerlijk gezegd niet meer te zien. Hij heeft mijn eerste maanden hier niet bepaald prettig laten verlopen."

Katja vertrok vrij snel en Agneta ging naar haar werk. Er waren enkele nieuwe patiënten en het was die dag erg druk. Toch vond Agneta nog even tijd om Cedrics moeder op te zoeken. Ze mocht mevrouw Mitchell die soms in de war was, maar vaak heel goed wist wat ze wilde. Ze zat nu stilletjes voor het raam, maar haar gezicht fleurde op toen ze Agneta zag.

„Zo, ben jij het. Wil je die andere nooit meer bij me toelaten?"

„Ik heb daar weinig over te zeggen. Mensen komen uit zichzelf."

„Heb jij iets met Cedric?" wilde ze weten.

Agneta kreeg een kleur. „Misschien wel."

„Weet je het niet zeker? Nou, pas maar op dat die ander hem niet inpikt. Zij heeft streken."

„Ik ga vanavond met hem uit," zei Agneta.

„Mooi. Weten je ouders dat?"

Agneta glimlachte onwillekeurig. „Mijn moeder is overleden en mijn vader woont in Nederland. Maar ik ben al jaren volwassen, mevrouw Mitchell."

„Ach, je hebt geen moeder meer. Daar ben je toch nog veel te jong voor."

Agneta schoten de tranen in de ogen. „Ik ben achtentwintig," zei ze.

„Toch te jong om geen moeder meer te hebben. Zal ik een beetje je moeder zijn?"

„Dat is lief van u," glimlachte Agneta door haar tranen heen.

„Ja, ja. Nou, zo lief ben ik niet. Moet jij niet naar je werk, meisje?"

„U hebt gelijk." Ze werd eigenlijk gewoon weggestuurd, dacht ze toen ze door de gang liep. Maar ze kon de humor er wel van inzien. Cedrics moeder wilde haar leven zo veel mogelijk zelf in de hand houden.

Cedric kwam haar die avond halen. Hij bracht bloemen voor haar mee. Ze bedankte hem met een kus op zijn wang en hij hield haar even vast. Toen zijn ogen de hare ontmoetten, knipoogde hij. Agneta's hart sloeg op hol. Ze was nu echt verliefd aan het worden.

Het was een sfeervol restaurant. Ze hadden een tafel in een hoek, min of meer afgeschermd door een grote

plant. „Had je speciaal om deze plaats gevraagd?" vroeg
ze.

„Ik heb hier vaker gegeten," knikte hij.

Met Claire, dacht ze, maar ze zei niets. Hij had immers
gezegd dat Claire voor hem had afgedaan. Het was rustig in het restaurant en het eten was voortreffelijk.

„Nu dacht ik toch dat ik die kerel zag lopen, die Nino,"
zei Cedric plotseling. „Dat kan natuurlijk niet, maar hij
leek wel sprekend op hem."

„Het zou best kunnen. Hij is op borgtocht vrij."

„Je meent het. Wie heeft die borg betaald? Jij toch niet,
hoop ik."

„Katja is ook vrij," zei ze zonder direct antwoord te
geven. „Ze heeft vannacht bij mij geslapen. Vandaag zou
ze een hotel zoeken."

Hij fronste de wenkbrauwen. „Ik neem aan dat ze niet
mag vertrekken."

„Dat wil ze ook niet. Ze wil per se bij Nino blijven."

„Heb jij dus die borg betaald?" Hij klonk streng en
ineens had ze er genoeg van.

„Ja, dat heb ik," zei ze kortaf.

„Ben je vergeten hoe hij jou heeft dwarsgezeten? En dat
hij mij bijna had vermoord? Hij is een misdadiger!"

„Ik zie hem meer als een slachtoffer. En tante Agnes ..."

„Je hebt haar huis geërfd. Hoort die vent daar ook bij?"

„Natuurlijk niet, maar Katja zei dat hij het moeilijk had
en ..."

„Hoe denk je dat ik het vond toen ik vijf maanden opgesloten zat? Door zijn schuld, nota bene. Als hij niet naar
de politie had gebeld ..."

Agneta zei niet direct iets. Hij had gelijk, ze had zich
niet moeten laten ompraten.

„Hij is immers maar tijdelijk vrij," zei ze zacht. „Tot het
proces."

„Als jij gaat getuigen en je houdt hem de hand boven het
hoofd, wie weet, misschien krijgt hij dan alleen een

taakstraf. Hij kan er niet tegen om opgesloten te zijn. Allemachtig!"

„Je hebt waarschijnlijk gelijk. Ik had me niet moeten laten ompraten. Het spijt me," zei ze zacht.

„Laten we er maar over ophouden," bromde hij. Hij begon over het menu, maar de stemming was bedorven, hoewel ze beiden uit alle macht probeerden gewoon te doen.

„Hallo, Cedric, wat toevallig dat ik jou hier tref." Het was Claire die ineens bij hun tafel stond.

„Mag ik erbij komen zitten?" Zonder op antwoord te wachten trok ze een stoel bij.

„Ik was van de week bij je moeder," zei ze.

„Dat heb ik gehoord. Het verwonderde mij nogal. Mijn moeder is niet bepaald een vriendin van je, wel?"

„Je vergeet dat mijn eigen moeder dood is." Ze klonk geëmotioneerd en Agneta voelde zich niet bepaald op haar gemak.

„Wilde je mijn moeder als vervangster voor de jouwe? Houd toch op, Claire."

„Er gebeuren vreemdere dingen. Jij hebt voor mij ook een vervangster, niet?" Haar blik gleed even achteloos over Agneta heen, alsof die niet meer was dan een lastige vlieg. Agneta stond op, mompelde iets over het toilet en verdween. Ze ging echter naar de garderobe om haar jas en belde even later een taxi. Ze ging naar huis; ze had het wel gehad voor vandaag. Eerst de verontwaardiging van Cedric over de borgsom die ze voor Nino had betaald, en dan zijn ex-geliefde die deed of ze niet bestond. Ze moesten het maar uitzoeken met z'n tweeën. Zij zou niet degene zijn die contact zocht met Cedric.

Agneta was de dag daarop vrij. Ze maakte een strandwandeling en toen ze terugkwam zaten Nino en Katja op de buitentrap. „Wat komen jullie doen?" vroeg ze niet al te vriendelijk. Tenslotte kon ze het niet anders zien dan dat Nino de oorzaak was van de meeste problemen die ze hier had gehad.

„Ik kom je bedanken," zei Nino. Ze keek hem aan en zijn ogen deden haar denken aan een argeloos kind. Ze ging steeds beter begrijpen waarom tante Agnes voor hem was gevallen. Ze noodde hen binnen. Even dacht ze aan wat Cedric daarvan zou zeggen, maar die gedachte duwde ze weg. Hij deed immers ook wat hij zelf wilde? Misschien was hij nu wel bij Claire. Terwijl ze voor de koffie zorgde, bleven de anderen bij haar in de keuken. „Ik ben je erg dankbaar," zei Nino nog eens. „En ik heb iets voor je." Hij legde een pakketje op tafel. Verbaasd maakte ze het open en staarde naar de velletjes uit Agnes' dagboek.

„Zie je wel, jij was het," zei ze met een beginnende boosheid in haar stem.

„Ja, ik was het," gaf Nino toe. „Maar ik wilde niemand echt kwaad doen. Ik hield van Agnes, maar ik had wel gehoopt dat ze mij iets zou nalaten. Ze was altijd zo goed voor me. Ik heb een paar keer het huis doorzocht in de hoop iets te vinden waaruit mijn erfenis zou blijken, maar ik kon telkens niets vinden. Later vond ik haar dagboek. Toen ik las wat ze over me schreef, heb ik de bladzijden eruit gescheurd."

„En later vond je het nodig Cedric buiten westen te slaan. Terwijl hij ook al vijf maanden onschuldig had vastgezeten door jouw schuld."

„Daarmee begon het verkeerd te gaan. Ik kreeg geld van die lui voor dat telefoontje. En later vroeg ik Katja iets voor mij te doen. Maar nu ga ik anders leven."

Agneta keek hem achterdochtig aan.

„Hoewel dat natuurlijk wel saai is." Ze zag de glinstering in zijn ogen.

„Ik neem aan dat je geen stomme dingen meer uithaalt. Ze weten je nu te vinden," zei ze.

„Wil je onze plannen horen?" vroeg Katja, die al die tijd

had gezwegen. Agneta ging er bij zitten.

Katja vertelde nu dat ze een baantje had gevonden in een vrij groot restaurant in Dinan. Zij en Nino mochten tijdelijk gebruikmaken van een van de kamers daar- boven. „Ik moet de gasten bezighouden met mijn muziek," zei Nino nu. „Ik speelde klarinet in Rouen toen ik Agnes voor het eerst zag. Ze was met Inge. Maar het was Agnes die vroeg of ik mee ging eten. Het was jaren geleden dat ik op die manier had gegeten. Inge was het er helemaal niet mee eens, maar Agnes gaf mij haar adres."

Ze moest echt onmiddellijk voor die jongen gevallen zijn, dacht Agneta. Misschien had ze de zoon in hem gezien die ze nooit had gekregen. Ze bleven nog ge- ruime tijd zitten. „Wil je echt hier blijven?" vroeg ze Katja.

„Op het moment kan ik niet vertrekken. Nino zal weer een tijdje vast komen te zitten. In die tijd kan ik rond- kijken naar een geschikt huis en proberen geld te ver- dienen. Maar ik ga natuurlijk wel een keer terug. Ik kan Bert niet zomaar laten zitten."

Dat heb je allang gedaan, dacht Agneta.

„Wat zijn jullie verdere plannen? Ik bedoel als alles ach- ter de rug is. Gaan jullie trouwen?"

„Trouwen?" Nino klonk of hij dit woord voor het eerst hoorde.

„Nou ja, sommige mensen doen dat," zei Agneta schou- derophalend.

„Waar zouden we het geld vandaan moeten halen?" zei Katja. „Het is trouwens nog maar de vraag of het tussen ons goed blijft gaan. Nino is ten eerste tien jaar jonger. En als je iedere dag bij elkaar bent, is het heel anders. Het wordt natuurlijk nooit zoals met Bert. Hij stelde geen eisen. Maar ja, op hem was ik niet verliefd. Ach, we zien wel hoe het loopt."

Ze had toch nog een beetje gezond verstand, dacht

Agneta. Moesten die twee samen op een hotelkamer bivakkeren? Ze dacht ineens aan Inge. Zou zij haar huisje tijdelijk willen verhuren tot ze iets anders hadden? Nee, vast niet aan Nino. Ze zou maar niets zeggen. Ze begon nu toch werkelijk trekjes van tante Agnes te vertonen. Nino, die haar op alle mogelijke manieren had dwarsgezeten. Toch zou ze het naar vinden als hij weer op straat moest leven, maar zij moest dit loslaten. Het waren twee volwassen mensen en ze werden geacht om voor zichzelf te kunnen zorgen.

Wat later vertrokken ze in de auto van Katja. Ze nam haar weekendtas mee. Veel had ze niet bij zich, maar ze was van plan naar Nederland te vertrekken zodra ze daarvoor toestemming kreeg.

Agneta keek hen even na. Ze beginnen aan een leven samen als een soort pioniers, dacht ze. En zijzelf dan? Ze had het avontuur niet gezocht, maar ze was er wel middenin terechtgekomen. Ze woonde in haar eentje in een huis aan het strand van Normandië. Maar tante Agnes' erfenis hield meer in dan alleen een huis. Er waren mensen bij betrokken, zoals Inge en Nino. En Cedric, ja, hij eigenlijk ook. Zonder alle gebeurtenissen waarin Nino een grote rol speelde, zou ze Cedric nooit hebben leren kennen.

Toen ze de volgende morgen haar deur opende, struikelde ze bijna over een emmer met daarin een enorme bos rozen. „Je hebt weer een bezoeker," klonk het. „Ik hoop dat hij niet ongewenst is."

Cedric kwam naar haar toe. Op deze nog koele morgen droeg hij zijn lange, zwarte jas. Ze begon te lachen. „Ik heb je verdacht vanwege die jas," zei ze. Hij schoot nu ook in de lach.

Agneta deed de deur wijder open. „Kom je binnen, ik ben vandaag vrij."

Hij kwam naar haar toe en legde beide handen op haar schouders. „Ik ben ook vrij, vrij van mijn verleden. Ik heb alles achter mij gelaten, en nu kom ik naar jou toe."

„Je was boos vanwege Nino," kon ze toch niet nalaten hem te herinneren.

„Ik begrijp nu dat jij op je tante lijkt. Jij ziet de mens achter de fouten in iemands karakter. Ik hoop alleen dat hij niet hier komt wonen."

Ze schudde het hoofd. „Ik heb aan jou gedacht. Om hier te komen wonen, bedoel ik."

Cedric trok haar dichter naar zich toe.

„Waarom zouden we gescheiden leven?" zei ze.

„Er is geen enkele reden voor," gaf hij toe. „Wat zou je tante Agnes hiervan vinden?"

„Ze zou het er zeker mee eens zijn," zei Agneta stellig. Ze was ervan overtuigd dat ze gelijk had. Ze nam zijn hand. „Kom en neem de bloemen mee."

Eenmaal binnen nam hij haar in zijn armen. „We moeten veel doen, wil dit huis echt van ons worden. Maar nu even niet." Hij keek naar de foto van tante Agnes die op een kleine tafel stond. „En zij mag daar blijven staan."

„Zij krijgt een ereplaats," zei Agneta. „Door haar erfenis is mijn hele leven in positieve zin veranderd."

„Net als het mijne," reageerde Cedric.

„Ze zou blij zijn als ze wist dat door haar erfenis twee mensen elkaar hebben gevonden."

Ze keken door het raam en zagen hoe de laagstaande zon de zee verlichtte.

„'Paradis Terrestre', ze had gelijk," zei Agneta.

„Laten we ons voornemen dat we er alles aan doen om dit huis zijn naam waar te laten maken," antwoordde Cedric.

De zee leek op dat moment in vloeibaar goud te veranderen en Agneta zag het als een antwoord.